UN ÉTÉ AVEC

COLETTE

DU MÊME AUTEUR

LA SECONDE MAIN OU LE TRAVAIL DE LA CITATION, Seuil, 1979.
LE DEUIL ANTÉRIEUR, Seuil, 1979.
NOUS, MICHEL DE MONTAIGNE, Seuil, 1980.
LA TROISIÈME RÉPUBLIQUE DES LETTRES, Seuil, 1983.
FERRAGOSTO, Flammarion, 1985.
PROUST ENTRE DEUX SIÈCLES, Seuil, 1989.
LES CINQ PARADOXES DE LA MODERNITÉ, Seuil, 1990.
CHAT EN POCHE : MONTAIGNE ET L'ALLÉGORIE, Seuil, 1993.
CONNAISSEZ-VOUS BRUNETIÈRE ?, Seuil, 1997.
LE DÉMON DE LA THÉORIE, Seuil, 1998.
BAUDELAIRE DEVANT L'INNOMBRABLE, Presses de l'Université de Paris-Sorbonne, 2003.
LES ANTIMODERNES, DE JOSEPH DE MAISTRE À ROLAND BARTHES, Gallimard, coll. « Bibliothèque des idées », 2005.
LA LITTÉRATURE, POUR QUOI FAIRE ?, Fayard, 2007.
LE CAS BERNARD FAŸ : DU COLLÈGE DE FRANCE À L'INDIGNITÉ NATIONALE, Gallimard, coll. « La suite des temps », 2009.
LA CLASSE DE RHÉTO, Gallimard, 2012.
UN ÉTÉ AVEC MONTAIGNE, Équateurs / France Inter, 2013.
UNE QUESTION DE DISCIPLINE, Flammarion, 2013.
BAUDELAIRE L'IRRÉDUCTIBLE, Flammarion, 2014.
UN ÉTÉ AVEC BAUDELAIRE, Équateurs / France Inter, 2015.
PETITS SPLEENS NUMÉRIQUES, Équateurs, 2015.
LES CHIFFONNIERS DE PARIS, Gallimard, coll. « Bibliothèque illustrée des histoires », 2017.
UN ÉTÉ AVEC PASCAL, Équateurs / France Inter, 2020.
LA VIE DERRIÈRE SOI. FINS DE LA LITTÉRATURE, Équateurs, 2021.
PROUST DU CÔTÉ JUIF, Gallimard, coll. « Bibliothèque des histoires », 2022.

Antoine Compagnon
de l'Académie française

UN ÉTÉ AVEC COLETTE

ÉQUATEURS FRANCE INTER

ISBN 978-2-3828-4344-4.

Dépôt légal : mai 2022.

170 *bis*, boulevard du Montparnasse, 75014 Paris.

Sites Internet : www.editionsdesequateurs.fr
www.franceinter.fr

Courriel : contact@editionsdesequateurs.fr

I

Pourquoi Colette ?

> Je m'appelle Claudine, j'habite Montigny ; j'y suis née en 1884 ; probablement je n'y mourrai pas.
>
> Mon *Manuel de géographie départementale* s'exprime ainsi : « Montigny-en-Fresnois, jolie petite ville de 1950 habitants, construite en amphithéâtre sur la Thaize ; on y admire une tour sarrasine bien conservée… » Moi, ça ne me dit rien du tout, ces descriptions-là ! […] C'est un village, et pas une ville ; les rues, grâce au ciel, ne sont pas pavées ; les averses y roulent en petits torrents, secs au bout de deux heures ; c'est un village, pas très joli même, et que pourtant j'adore (I, 7)[1].

Voilà les premiers mots de *Claudine à l'école*, publié sous la seule signature de Willy, le mari de Colette, en mars 1900. Le ton était résolument nouveau, insolent, sans antécédents, mais s'imposa d'emblée et le succès suivit. Colette ne publia point de livre sous la signature de « Colette » tout

1. Voir la bibliographie, p. 241.

court, son patronyme, avant *Le Blé en herbe* en 1923, mais elle devint très vite un écrivain reconnu, car elle avait touché à la langue française. Un grand écrivain, c'est un écrivain après qui la langue n'est plus tout à fait la même.

> « Minet-Chéri, tu as encore jeté une pelure de châtaigne dans la cheminée.
> — Non, maman.
> — Si, ma fille. »
> Et Sido, ma mère, brandissait au bout des pincettes, sous mon nez [...] le corps du délit.
> « Mes cendres ! Souiller mes précieuses cendres de pommier, de peuplier et d'orme ! Et la lessive, alors ? Je t'ai dit vingt fois... » (« Sido et moi », *Journal à rebours*, IV, 169).

Un grand écrivain, c'est aussi un écrivain qui crée des mythes, renouvelle notre mythologie. « Créer un poncif, c'est le génie », disait Baudelaire. Or Colette a créé au moins trois mythes : d'abord Claudine, l'héroïne espiègle de ses quatre premiers romans signés par Willy ; Sido, qui devint son personnage principal après la mort de sa mère en 1912 ; et Gigi, rendue inoubliable par Leslie Caron dans le film de Vincente Minnelli en 1958. Trois mythes, c'est énorme pour un seul écrivain. Il faut y ajouter une quatrième création fabuleuse, Colette elle-même, grand écrivain national, monstre sacré.

Dès 1904, après la série des *Claudine*, Francis Jammes la qualifie de « légende parisienne » (*FJ*, 25), alors qu'elle ne s'est pas encore lancée dans une carrière de pantomime, de danseuse, de comédienne, de journaliste, de dramaturge, ou encore de publicitaire.

Elle appartient à l'immense génération des classiques modernes de la littérature française : Claudel, Gide, Proust, Valéry, Péguy et Colette sont nés tous les six en cinq ans, entre 1868 et 1873, et ils accapareront la première moitié du XXe siècle. Mais Colette, la seule femme dans ce bouquet, fut à la fois la plus insolente et la plus populaire. Divorcée, non rentière comme Gide et Proust, ni diplomate ni normalienne, et non bachelière, elle gagna sa vie comme artiste de music-hall, puis vécut de sa plume. Elle travailla pour le théâtre, le cinéma, la radio, et donna son nom à des cosmétiques. Elle traversa l'époque, les deux guerres, parla de tout. De l'extraordinaire bande des six née vers 1870, seul Claudel lui survécut quelques mois, et elle reçut des funérailles nationales en 1954, comme Hugo, Barrès, Sarah Bernhardt ou Valéry.

Dans les années 1950, on apprenait le français dans Victor Hugo et Colette. Nos dictées, « Où sont les enfants ? » ou « Le curé sur le mur », étaient extraites de *La Maison de Claudine*. Mais aujourd'hui ? Sait-on encore écrire « presbytère », beau mot dont la petite Gabri – le prénom de Colette était Gabrielle – ignorait le sens et pensait qu'il désignait un « petit escargot rayé jaune et noir » (II, 986) ?

Colette fut une femme libre, que Simone de Beauvoir admirait, mais elle ne fut pas féministe, et les féministes d'aujourd'hui condamneraient certains de ses choix de vie.

Après des étés avec Montaigne, Baudelaire et Pascal, quel plaisir de passer une saison avec Colette, avec une femme qui aime les mots et sent les choses, palpe la matière et observe les corps !

La voici par exemple examinant sa main, ses ongles de femme de quarante-cinq ans dans *La Naissance du jour* :

> C'est une bonne petite main, noircie, dont la peau devient assez large à présent autour des phalanges et au revers de la paume. Elle a les ongles taillés ras, le pouce retroussé volontiers en queue de scorpion, des cicatrices et des écorchures, et je n'ai pas honte d'elle, au contraire. Deux ongles jolis, cadeau de ma mère – trois pas très beaux, souvenir de mon père (III, 298).

Colette savait regarder.

2

« Claudine à l'école »

Comment Colette se mit-elle à écrire ? Elle le raconte en 1935-1936 dans *Mes apprentissages*, où elle règle ses comptes avec Willy, son premier mari et son initiateur, mort en 1931. Un an ou deux après leur mariage, vers 1895, pour la distraire après qu'elle a découvert ses infidélités et qu'elle en est tombée dans une profonde dépression, il lui aurait suggéré de « jeter sur le papier des souvenirs de l'école primaire », ajoutant : « N'ayez pas peur des détails piquants, je pourrais peut-être en tirer quelque chose… Les fonds sont bas » (III, 994-995). Ils s'étaient rendus à Saint-Sauveur, le village natal de Colette, dans l'Yonne, où ils avaient visité l'école et assisté à la distribution des prix.

Colette remplit des centaines de pages de cahiers d'écolier, plus de six cents selon certains témoignages, par exemple celui de Curnonsky, autre ouvrier des ateliers de Willy (et futur « prince des gastronomes »). Mais Willy n'en fit rien : « Je m'étais trompé, ça ne peut servir à rien », se serait-il écrié à la lecture des cahiers (III, 995).

Quelques années plus tard, il les aurait retrouvés dans un tiroir de son bureau :

> « Tiens, dit M. Willy. Je croyais que je les avais mis au panier. »
>
> Il ouvrit un cahier, le feuilleta :
>
> « C'est gentil… »
>
> Il ouvrit un second cahier, ne dit plus rien – un troisième, un quatrième…
>
> « Nom de Dieu ! grommela-t-il, je ne suis qu'un c… »
>
> Il rafla en désordre les cahiers, sauta sur son chapeau à bords plats, courut chez un éditeur… Et voilà comment je suis devenue écrivain (III, 1022).

Colette se remit alors au travail comme une bonne élève en suivant les instructions de son mari :

> « Vous ne pourriez pas […] échauffer un peu ce… ces enfantillages ? Par exemple, entre Claudine et l'une de ses camarades, une amitié trop tendre… » (il employa une autre manière, brève, de se faire comprendre). « Et puis du patois, beaucoup de mots patois… De la gaminerie… Vous voyez ce que je veux dire ? » (III, 1023).

Ainsi naquit *Claudine à l'école*, révisé et agrémenté par Willy, très au-dessus des produits habituels et oubliables de son atelier. La publication en 1900, chez Ollendorff, fit scandale, moins pour l'abus du patois poyaudin que pour deux raisons.

D'abord, c'était un pamphlet contre l'école laïque. Les instituteurs et institutrices, l'inspecteur et le député, le ministre et le général, toute la IIIe République était ridiculisée. Ainsi de l'inspecteur :

> Il pontifie, il mâche ses paroles avec enthousiasme, comme Anaïs les gommes à effacer, il est toujours vêtu avec une correction rigide et démodée ; quel vieux bassin ! En voilà pour une heure ! Il va nous poser des questions idiotes et nous démontrer que nous devrions toutes, « embrasser la carrière de l'enseignement ». J'aimerais encore mieux ça que de l'embrasser, lui (I, 102).

En 1900, Willy, antidreyfusard, sorte d'anarchiste de droite, savait ce qu'il faisait. Mais Colette ? Elle devait beaucoup à Mlle Terrain, la directrice du cours complémentaire de Saint-Sauveur, et elle la caricaturait méchamment dans le personnage de Mlle Sergent.

Seconde raison du scandale, l'érotisme à l'école, les amours saphiques entre Mlle Sergent et son assistante Mlle Aimée, les tendresses équivoques de Claudine et de ses amies Anaïs et Luce. Willy insistait dans sa préface sur cette « prose [...] de jeune fille, mais non pour jeunes filles », sur la « perversité ingénue » de Claudine (I, 3-4).

À Saint-Sauveur, transformé en Montigny dans le roman, personne ne douta de l'intention maligne. Comme les Colette n'y avaient pas la meilleure réputation, on y vit une vengeance.

Devant le succès de la première *Claudine*, célébrée par Rachilde dans le *Mercure de France*, Willy remit Colette au travail pour *Claudine à Paris* (1901), *Claudine en ménage* (1902), qui atteignit les plus grandes ventes en raison des amours lesbiennes, et *Claudine s'en va* (1903).

Plus tard, Colette regrettera d'avoir écrit les *Claudine*, mais elle ne les écartera pas de ses *Œuvres complètes* en 1948. « [...] je ne trouvai pas mon premier livre très bon – ni les trois suivants. Avec le temps, je n'ai guère changé d'avis, et je juge assez sévèrement toutes les *Claudine*. Elles font l'enfant et la follette sans discrétion », écrit-elle dans *Mes apprentissages* (III, 1024). La première *Claudine* est la meilleure, à cause du portrait de l'école et du village. Les suivantes exploitent le filon, mais elles rapportèrent beaucoup au couple, qui vécut sur un grand pied jusqu'à sa séparation en 1906.

3

« Ce chameau de Willy »

Willy, qui prononçait sans doute *vili* et non *ouili*, et s'appelait pour de vrai Henry Gauthier-Villars, était un sacré bonhomme. Fils d'un polytechnicien propriétaire de la première maison d'édition scientifique française, frère d'un polytechnicien qui reprit l'entreprise, il appartenait à la bohème. Critique musical averti, il était l'un des hommes les plus en vue dans Paris à la fin du siècle, et un dandy connu pour son fameux « chapeau à bords plats » (III, 999).

Quand il épousa Colette en 1893, sa cadette de quinze ans, il avait un fils né d'une liaison adultérine, mis en nourrice non loin du village des Colette après le décès de sa mère. Colette lui en voulut beaucoup après leur séparation: « Que veux-tu! dira-t-elle à une amie en 1943, je n'avais pas le choix: ou rester vieille fille ou devenir institutrice. Je lui apportais mes vingt ans, ma fraîcheur et 1 m 58 de cheveux. Ça l'a amusé un temps » (*PB*, 52). Mais elle aima cet homme, mit longtemps à le quitter alors qu'il la trompa dès leur mariage avec des femmes de plus en plus jeunes : « Ces funestes adolescentes refluaient jusqu'à un domicile que je ne m'obstinerai pas à nommer conjugal », écrira-t-elle dans *Mes apprentissages*, où elle se venge de l'avoir aimé (III, 1027).

Car il y eut en « ce chameau de Willy » (*CPS*, 43) une sorte de pygmalion qui fut pour Colette non seulement un mari âgé et volage, mais un maître et un guide. Il dirigeait un atelier de production de romans légers qu'il signait de son pseudonyme, mais personne n'était dupe dans le milieu parisien. Lorsque, nationaliste et militariste, il refusa de signer une pétition dreyfusarde en 1898, Jules Renard rapporte dans son *Journal* ce mot de l'un de ses auxiliaires d'écriture : « C'est la première fois, dit Veber, qu'il refuse de signer quelque chose qu'il n'a pas écrit » (17 février 1898).

Willy concevait les plans et les scénarios, puis sous-traitait le travail de rédaction : à l'un les descriptions, à l'autre les dialogues. Ensuite, il récrivait en ajoutant des jeux de mots, des calembours et des allusions salaces. Colette dira plus tard :

Si le « cas Willy » était seulement celui d'un homme ordinaire, qui appointait des écrivains et signait leurs œuvres, il ne mériterait qu'une brève attention. Il y aura toujours assez de faméliques dans notre métier, malheureusement, pour que l'emploi de « nègre » ne se perde point. Le « cas Willy » présente une singularité unique : l'homme qui n'écrivait pas avait plus de talent que ceux qui écrivaient en son lieu et place. [...] Entre le désir, le besoin de produire une denrée imprimée et la possibilité d'écrire, s'élève, chez cet auteur étrange, un obstacle dont je n'ai jamais distingué la forme, la nature, peut-être terrifiantes. Sa correspondance ne révèle que le *refus* d'écrire. Un articulet de quelques lignes est l'objet de dix pages de correspondance fébrile, de cinq ou six lettres qui donnent, à l'exécutant habituel, des instructions détaillées, réclament, s'inquiètent, empruntent le pneumatique et le télégramme (III, 1032-1033).

Que lui doit Colette dans les *Claudine* ? Certainement les calembours, les grivoiseries et le saphisme, mais aussi la discipline de travail, lorsqu'il l'enfermait pour qu'elle produise de la copie, et une économie de la langue. Dans les marges, rapporte-t-elle, il inscrivait peu de louanges et surtout des réprimandes : « "Pas clair." "Trop tôt." "L'avaient-ils convenu entre eux ? Oui ? Eh bien, dites-le !" » (III, 1026).

Colette dénoncera son impuissance, qu'elle appelle « une sorte d'agoraphobie », une « horreur nerveuse du papier vierge ». Il écrivait sur des abattants d'enveloppe, des bandes de journaux, des coins de feuillet, pour éviter la page blanche : « J'imagine qu'il mesura, trop souvent en proie à des défaillances pathologiques, le courage, la grave constance qu'il faut pour s'asseoir sans écœurement au bord du champ immaculé, du papier veuf encore d'arabesques, de jalons et de ratures, le blanc irresponsable, cru, aveuglant, affamé et ingrat... » (III, 1035-1036).

Mais il la força à éponger sa plume et lui imposa le style bref qui devait faire son originalité. Elle le reconnaît malgré son ressentiment : « "Je ne savais pas, ma chère, que j'avais épousé la dernière lyrique !" Mot dur, sans doute juste, et qui ne me fut pas inutile » (III, 1029).

Ce couple moderne tint durant une dizaine d'années malgré les infidélités de Willy. En 1903, à quarante-quatre ans, il paraît vieux, « bombé », comme elle dit (III, 1019), tandis qu'elle n'a que trente ans et désire autre chose, un peu comme Mitsou, dans la nouvelle, à laquelle elle a donné son nom, se lasse de l'homme bien qui l'entretient et cède au lieutenant bleu.

Mais ce qui les sépara irrémédiablement, ce fut, en 1909, la découverte par Colette que Willy, joueur invétéré, avait vendu en cachette à leurs éditeurs les droits des *Claudine* en 1907 : « [...] est-il possible que tout cela soit à jamais perdu pour vous et pour moi? » lui écrit-elle (*PB*, 170). C'est cette trahison-là qu'elle ne lui pardonnera jamais.

Les éditions suivantes porteront leur double signature: « C'est même d'une cocasserie amèrement mélancolique, n'est-ce pas? cette réunion des deux noms survenant après que les époux sont disjoints?... », dira Willy à un journaliste (*PB*, 176). Littérairement, il ne s'en remettra pas. L'atelier fit faillite après la désertion de sa meilleure élève. Elle signe Colette Willy jusqu'en 1913 dans la presse et en 1922 en librairie, mais elle n'aura aucune pitié pour la misérable fin de vie de son premier mari.

4

« Tes beaux cheveux d'or »

J'avais douze ans, le langage et les manières d'un garçon intelligent, un peu bourru, mais la dégaine n'était point garçonnière, à cause d'un corps déjà façonné fémininement, et surtout de deux longues tresses, sifflantes comme des fouets autour de moi. Elles me servaient de cordes à passer dans l'anse du panier à goûter, de pinceaux à tremper dans l'encre ou la couleur, de lanières à corriger le chien, de ruban à faire jouer le chat. Ma mère gémissait de me voir massacrer ces étrivières d'or châtain, qui me valaient, chaque matin, de me lever une demi-heure plus tôt que mes camarades d'école. Les noirs matins d'hiver, à 7 heures, je me rendormais assise, devant le feu de bois, sous la lumière de la lampe, pendant que ma mère brossait et peignait ma tête ballante. C'est par ces matins-là que m'est venue, tenace, l'aversion des longs cheveux... (*La Maison de Claudine*, II, 1013).

Quand Colette arriva à Paris avec Willy à l'âge de vingt ans, en 1893, c'était encore une adolescente dont les longs cheveux fascinèrent tous ceux qui la rencontrèrent : Jules Renard décrit dans son *Journal* « Mme Willy, traînant la corde à puits de ses cheveux » (6 novembre 1894), et Charles Maurras la dépeindra dans ses souvenirs avec « la natte battant les talons » (*PB*, 65).

Ces longs cheveux de Colette étaient le trésor de sa mère, qui les brossait chaque matin et les entourait de ses soins : elle « lavait mes cheveux au jaune d'œuf et au rhum », note Colette dans *La Maison de Claudine* (II, 1019). Ces « deux tresses trop serrées qui sifflaient autour de moi comme des mèches de fouet », écrit-elle dans « Le Miroir », sont à la fois un trophée et un fardeau (*Les Vrilles de la vigne*, I, 1033). Jamais coupées depuis sa naissance, elles symbolisent la mainmise de Sido sur sa fille. Sido s'absentait parfois durant l'enfance de Colette, mais à son retour de Paris elle « touchait et flairait mes longues tresses pour s'assurer que j'avais brossé mes cheveux… » (*Sido*, III, 497). Les cheveux de Gabri appartenaient à sa mère.

Colette parle de son « aversion des longs cheveux » dans *La Maison de Claudine*. Ils ont quelque chose de mortifère chez Juliette, « ma sœur aînée aux longs cheveux », la fille du premier mariage de Sido, mélancolique, toujours enfermée dans sa chambre à lire des romans, et qui se donnera la mort en 1908. Lorsque Colette connaît la dépression après son mariage avec Willy, elle associe à son mal « mes longs, mes lourds cheveux aussi longs que moi-même… ». Mais, dénoués, ils protègent aussi contre le monde, offrent un remède contre la mélancolie : « Quand j'avais froid, je les dénattais, et je me réchauffais sous leur nappe tiède. Pour la nuit, je les retressais, et je rêvais serpents, quand l'extrémité de mes tresses se prenait entre mes orteils » (III, 1006). « Nappe tiède », « serpents », cette chevelure est à la fois maléfique et bienfaitrice ; elle représente quelque chose de sacré.

Or Colette coupa ses nattes à l'automne 1902 à la demande de Willy, pour ressembler à Polaire, l'actrice qui jouait le rôle de Claudine dans *Claudine à Paris* aux Bouffes-Parisiens. Ce fut pour satisfaire au fantasme de son mari qui s'amusait à se promener avec ses deux gamines, les *twins* comme on les appelait, deux trentenaires qui jouaient aux petites filles. De célèbres photographies représentent le trio, Willy avec son chapeau à bords plats, Colette et Polaire pareilles à deux écolières jumelles avec leur col Claudine. Willy, toujours curieux de saphisme, n'aurait pas dédaigné de prolonger leur complicité, mais Polaire refusa le ménage à trois.

Pour Colette, la coupe de ses tresses fut une délivrance. Elle se séparait de sa mère après dix années de mariage. Cette trahison ne lui fut jamais pardonnée. Sido lui écrit encore en 1911 : « Et tes beaux cheveux d'or qui tombaient jusqu'à terre ? J'ai toujours pensé que c'était Willy qui t'avait suggéré de les couper, par jalousie. [...] j'ai eu un gros chagrin que tu aies anéanti mon chef-d'œuvre de vingt années » (*LC*, 486-487).

Rien ne résume mieux l'ambivalence de la relation de Colette et de Sido, de la fille et de sa mère, que cette chevelure, chef-d'œuvre anéanti.

Dans *Mes apprentissages*, Colette ne niera pas que la coupe de ses cheveux eut la valeur d'un sacrilège : « [...] obéissant aux suggestions de M. Willy, dit-elle, je coupai mes trop longs cheveux », mais c'était aussi sa décision et elle ne fit pas que céder à son mari pour la réclame :

> Pour ne pas mentir, je ne demandais qu'à voir tomber ma grande corde incommode de cheveux, qui se nourrissait de moi. Le coup de ciseaux donné, je goûtai un plaisir que seul gâta une lettre de Sido. Elle flétrit mon geste en termes étrangement graves : « Tes cheveux ne t'appartenaient pas, ils étaient mon œuvre, l'œuvre de vingt ans de soins. Tu as disposé d'un dépôt précieux, que je t'avais confié... » (III, 1049-1050).

Ce n'étaient pas tout à fait les termes de Sido. Colette récrit les lettres de sa mère, mais elle ne renie pas le sentiment de liberté que lui donna ce sacrifice, à l'approche de ses trente ans : « [...] je secouais un front délivré du joug et des épingles, et je me répétais avec allégresse : “Je sens le vent passer sur la peau de ma tête !” » (III, 1050).

5

Lesbos

Les amitiés et amours féminines sont omniprésentes dans l'œuvre de Colette, dès *Claudine à l'école*, où les péripéties saphiques sont dues à Willy. *Claudine en ménage* transpose une première aventure lesbienne de Colette, avec une Américaine de la bonne société parisienne, Jenny Urquhart, Mme René Raoul-Duval, dite Georgie, devenue Rézi dans le roman. Leur intimité suivit la parution de *Claudine à Paris*, dura de mars à octobre 1901, et comprit un séjour à Bayreuth avec Willy pour écouter les opéras de Wagner durant l'été. Le manuscrit montre que ce fut Colette qui, cette fois-ci, rédigea l'épisode. Georgie s'était amusée d'elle, ainsi que de Willy, avec qui elle eut une liaison parallèle. Le roman se voulait une vengeance. Georgie bloqua sa publication sous le titre *Claudine amoureuse* en payant Ollendorff, l'éditeur habituel, mais Willy donna le manuscrit au Mercure de France. Sous le titre

Claudine en ménage, ce fut le plus grand succès des *Claudine*.

L'homosexualité féminine excitait Willy, qui n'y voyait pas de rivalité et y encourageait sa femme, à la manière de Renaud, le mari de Claudine, dans le roman :

> — Ce n'est pas la même chose ! […] Vous pouvez tout faire, vous autres. C'est charmant, et c'est sans importance…
>
> — Sans importance… je ne suis pas de votre avis.
>
> — Si, je dis bien ! C'est entre vous, petites bêtes jolies, une… comment dire ?… une consolation de nous, une diversion qui vous repose…
>
> — Oh ?
>
> — … ou du moins qui vous dédommage, la recherche logique d'un partenaire plus parfait, d'une beauté plus pareille à la vôtre, où se mirent et se reconnaissent votre sensibilité et vos défaillances… Si j'osais (mais je n'oserai pas), je dirais qu'à certaines femmes il faut la femme pour leur conserver le goût de l'homme (I, 453-454).

Willy et Renaud n'étaient pas les seuls hommes à en juger ainsi au tournant du siècle, dans la société mêlée d'aristocrates libertins et de bourgeois bohèmes que le couple fréquentait. Colette rencontra quelques grandes égéries du temps, comme Liane de Pougy, célèbre courtisane et auteur de l'*Idylle saphique* en 1901, Natalie

Clifford Barney, qui, selon Willy, prit Colette « en passant, sans s'y attacher » (I, LXXXI), ou Lucie Delarue-Mardrus, avec qui Colette eut une liaison en 1902-1903. Auprès de ces femmes, mais aussi avec ses amies, Polaire – Claudine sur la scène –, ou surtout Marguerite Moreno, dont elle fit la connaissance en 1894 ou 1895 et dont elle resta très proche jusqu'à la mort de la comédienne en 1948, Colette recherchait une consolation et une protection contre les hommes.

Dans *La Vagabonde*, le roman de 1910 où Colette s'inspire de son expérience du music-hall depuis qu'elle a quitté Willy, ou que Willy l'a quittée, elle expose leurs conceptions distinctes des amours entre femmes :

> Deux femmes enlacées ne seront jamais pour lui qu'un groupe polisson, et non l'image mélancolique et touchante de deux faiblesses, peut-être réfugiées aux bras l'une de l'autre pour y dormir, y pleurer, fuir l'homme souvent méchant, et goûter, mieux que tout plaisir, l'amer bonheur de se sentir pareilles, infimes, oubliées… À quoi bon écrire, – et plaider, – et discuter ?… Mon voluptueux ami ne comprend que l'amour… (I, 1207).

Certaines des amies de Colette n'aimaient que les femmes, telle Natalie Clifford Barney, mais la plupart étaient éclectiques, comme Colette elle-même, qui se maria trois fois. Si Willy et les hommes voyaient dans Lesbos un enfantillage ou un libertinage et non une infidélité, pour Colette ce fut un refuge.

Elle y reviendra longuement dans *Ces plaisirs…* en 1932, devenu *Le Pur et l'Impur* en 1941, en exaltant ces « Ladies of Llangollen », deux jeunes aristocrates qui se retirèrent du monde et « cloîtrèrent leur solitude, leur réciproque tendresse pendant cinquante-trois années, dans un village du pays de Galles » (III, 618). Pour Colette, cet amour-là avait un parfum d'idéal.

C'est pourquoi elle fera reproche à Proust d'avoir méconnu la vérité des amours entre femmes en faisant de Gomorrhe le double de Sodome. Ainsi qu'elle l'avance dans *Le Pur et l'Impur*, « il n'y a pas de Gomorrhe » en face de Sodome (III, 628).

Ainsi, elle reste fidèle à la leçon de Willy : un homme qu'une femme trahit pour une femme, ce n'est rien, ne mérite pas le nom d'infidélité. En revanche : « Une femme qu'un homme trahit pour un homme sait que tout est perdu. […] Elle est loin de la goguenardise libertine de l'homme devant la femme qu'une amie enlace : "Toi, je te repincerai…" Dessillée, elle renonce haineusement et cache avec soin sa grande incertitude : "M'était-*il* vraiment destiné ?" » (III, 628-629).

6

Sido

« Écoute sur Moutiers ! » me disait-elle.

Elle levait l'index, et se tenait debout entre les hortensias, la pompe et le massif de rosiers. Là, elle centralisait les enseignements d'Ouest, par-dessus la clôture la plus basse.

« Tu entends ?… Rentre le fauteuil, ton livre, ton chapeau : il pleut sur Moutiers. Il pleuvra ici dans deux ou trois minutes seulement. »

Je tendais mes oreilles « sur Moutiers » ; de l'horizon venaient un bruit égal de perles versées dans l'eau et la plate odeur de l'étang criblé de pluie, vanné sur ses vases verdâtres… Et j'attendais, quelques instants, que les douces gouttes d'une averse d'été, sur mes joues, sur mes lèvres, attestassent l'infaillibilité de celle qu'un seul être au monde – mon père – nommait « Sido ».

Des présages, décolorés par sa mort, errent encore autour de moi. L'un tient au zodiaque, l'autre est purement botanique : quelques signes jouent avec les vents, les lunaisons, les eaux souterraines. C'est à cause d'eux que ma mère trouvait Paris fastidieux, car ils n'étaient libres, efficaces, péremptoires, qu'au plein air de notre province (*Sido*, III, 505).

À près de soixante-dix ans, Colette dira que sa mère, Sido, fut le « personnage principal de toute ma vie » (« Automne », *Journal à rebours*, IV, 163). Personnage : comme si la vie avec Sido avait été un roman, une création littéraire continuée. Sido reste la plus belle invention de Colette, dont l'œuvre est pour le meilleur un monument élevé à sa mère.

En réalité, leurs relations ne furent pas faciles. Colette consentit à un mariage précoce et absurde avec Willy pour s'éloigner de sa mère, qui conserva jusqu'à sa mort son emprise sur sa fille. La mère est absente des *Claudine*, dont l'héroïne orpheline vit avec son père. La caricature de l'école publique, où Sido avait choisi d'envoyer sa fille, c'est aussi une manière d'offenser ses idées. Quand les infidélités de Willy rendirent Colette malade, sa mère vint la soigner à Paris : « Je n'ai pas réussi complètement à la tromper, dira Colette dans *Mes apprentissages*, car elle voyait à travers les murailles. Mais j'ai fait de mon mieux pour qu'elle me crût heureuse, pendant treize ans. Mon rôle était difficile, surtout au commencement » (III, 999).

De 1906 à 1911, son amie la marquise de Morny, dite « Missy », joua auprès de Colette le rôle d'une mère substituée. Ce désaveu n'échappa point à Sido : « Je suis contente, mon amour, que tu aies près de toi une amie qui te soigne tendrement, lui écrit-elle en 1907. Tu es si habituée à être gâtée que je me demande ce que tu deviendrais si tu ne l'étais plus » (*LC*, 65). Mais ses lettres quotidiennes continuent de traquer sa fille.

Sido entra dans l'œuvre de Colette en 1909, discrètement, dans des pages que Colette ne recueillit jamais dans un livre. C'est à la faveur d'une digression sur un mot de sa « charmante toquée de mère » qui, lors d'une discussion un peu vive avec son mari, lui répondit : « Je te défends de me parler ainsi : tu n'es même pas mon parent ! » (« Une lettre », *PP*, 41 et 43), expression qui reparaîtra dans *La Maison de Claudine* (II, 983).

Sido ne prit possession de l'œuvre de sa fille qu'après sa mort en septembre 1912 et la naissance de la petite Colette, dite Bel-Gazou, la fille de Colette, en juillet 1913. « Je n'ai pas quitté un personnage qui peu à peu s'est imposé à tout le reste de mon œuvre : celui de ma mère », constatera Colette dans la préface à *La Maison de Claudine* et à *Sido* qu'elle donna pour ses *Œuvres complètes* en 1949.

Née à Paris, mise en nourrice dans l'Yonne, puis élevée en Belgique par deux grands frères journalistes, républicains et anticléricaux, Sido était une femme originale, cultivée, anticonformiste, à la fois « rustique fermière » et « bohème fantaisiste » (III, 508). Dominatrice dans sa maison, elle exerça un fort ascendant sur ses enfants. Son premier mari, ivrogne violent, lui en fit deux, Juliette, la « sœur aux longs cheveux », avec qui Sido se brouilla puis se réconcilia, et Achille, médecin de campagne, dont elle fut inséparable. Le second mari, officier amputé et rêveur, lui fit deux autres enfants, Léo, doux musicien, et Colette, sa fille dernière pour laquelle elle ne cessa de s'inquiéter.

Colette lui doit la sensualité de sa langue, sa familiarité avec les plantes et les animaux, les oiseaux et les fleurs. Elle doit aussi sa liberté d'esprit à cette femme qu'elle traite de « mécréante » (*La Maison de Claudine*, II, 1041) et qui se proclamait elle-même « athée » (*LC*, 79).

Il y avait en elle un grain de folie, un démon de la perversité, comme lorsqu'elle contemple les merles qui dévorent ses cerises : « Dans ses yeux passa une sorte de frénésie riante, un universel mépris, un dédain dansant qui me foulait avec tout le reste, allégrement... » (*Sido*, III, 509). Ainsi, leur complicité fut jusqu'au bout conflictuelle.

Colette lui en fit voir de belles, mais Sido tolérait chez sa fille « une mentalité en ce qui concerne les relations conjugales qui est loin d'être la mienne » (*LC*, 62). Elle ajoutait : « [...] rien n'est banal dans ton existence » (*LC*, 109). C'était au moment de la séparation de Willy et de la liaison avec Missy. Colette notera toutefois que, si « elle se rembrunissait à mon premier divorce, davantage à mon second mariage », elle « s'en expliquait bizarrement : " Ce n'est pas tant le divorce que je blâme, disait-elle, c'est le mariage. Il me semble que tout vaudrait mieux que le mariage, – seulement, cela ne se fait pas " » (*La Naissance du jour*, III, 292).

La Maison de Claudine en 1922 et *Sido* en 1930, où, après la mère, le père et les frères complètent le triptyque familial, ces pages restent parmi les plus heureuses de Colette. Sont-elles sincères ou bien des fictions ? C'est une autre question. En septembre 1912, Colette ne se rendit pas à l'enterrement de sa mère. Celle-ci lui disait : « Tu n'es même pas bonne à faire un enfant ! » (*MV*, 110), et elle fit aussitôt un enfant.

7

Les bêtes

Un petit chat entra, circonspect et naïf, un ordinaire et irrésistible chaton de quatre à cinq mois. Il se jouait à lui-même une comédie majestueuse, mesurait son pas et portait la queue en cierge, à l'imitation des seigneurs matous. Mais un saut périlleux en avant, que rien n'annonçait, le jeta séant par-dessus tête à nos pieds, où il prit peur de sa propre extravagance, se roula en turban, se mit debout sur ses pattes de derrière, dansa de biais, enfla le dos, se changea en toupie…

« Regarde-le, regarde-le, Minet-Chéri ! Mon Dieu, qu'il est drôle ! » (*La Maison de Claudine*, II, 1050-1051).

Colette fut élevée parmi les bêtes. « Toute la famille aimait les bêtes, et les bêtes aimaient notre maison », confiera-t-elle plus tard (« Domino », *Autres bêtes*, II, 172). Les *Dialogues de bêtes*, publiés à partir de 1904 et longtemps enrichis, cassèrent l'image polissonne donnée par les *Claudine*. Signés de son nom, Colette Willy, ils établirent son indépendance. Toby-Chien, bull bringé, et Kiki-la-Doucette, angora tigré, y prennent la parole comme dans les fables de La Fontaine et dans *Le Livre de la jungle* de Kipling (traduit par l'ami de Colette et de Proust, Robert d'Humières), et touchèrent un autre public, tels Anna de Noailles ou Francis Jammes, que Colette remercia de sa « réhabilitation de Colette Willy » (II, 1286) et qui lui donna bientôt une préface.

La chatte Fanchette apparaissait dès *Claudine à l'école*, où elle était décrite « comme une personne » (I, 113). On n'imagine pas Colette sans un chien ou un chat, et, dira-t-elle dans *La Naissance du jour*, ses amis prétendaient « que je puis susciter un chat dans un endroit où il n'y a pas de chat » (III, 303). Sa complicité avec les bêtes pouvait éloigner les humains, comme son second mari, Henry de Jouvenel, qui lui disait : « Quand j'entre dans la pièce où tu es seule avec des bêtes, [...], j'ai l'impression d'être indiscret » (III, 303).

Enfant, au retour d'une visite à Paris, elle se précipite vers ses bêtes :

> Que de trésors éclos en mon absence ! Je courus à la grande corbeille débordante de chats indistincts. Cette oreille orange était de Nonoche. Mais à qui ce panache de queue noire, angora ? À la seule Bijou, sa fille, intolérante comme une jolie femme.

Une longue patte sèche et fine, comme une patte de lapin noir, menaçait le ciel; un tout petit chat tavelé comme une genette et qui dormait, repu, le ventre en l'air sur ce désordre, semblait assassiné... (*La Maison de Claudine*, II, 999-1000).

À Paul Léautaud, tendre amoureux des chats, elle donnait toutefois « l'impression d'aimer les bêtes un peu en dompteur », et il était choqué que Kiki-la-Doucette, une fois mort, ait été « jeté dans le fossé des fortifications » sans cérémonie (*Journal littéraire*, 8 novembre 1912). « J'aime, avec l'enfant et l'animal, avoir le dernier mot », reconnaissait d'ailleurs Colette (*De ma fenêtre*, IV, 613).

Le diplomate Philippe Berthelot, autre seigneur-chat, lui offrit en 1921 une femelle serval du Tchad, Bâ-Tou. Ce fut l'occasion d'un dressage en bonne et due forme:

Un matin, elle étreignit trop fort mon bras nu, et je la châtiai. Offensée, elle sauta sur moi, et j'eus sur les épaules le poids déconcertant d'un fauve, ses dents, ses griffes... J'employai toutes mes forces et jetai Bâ-Tou contre un mur. Elle éclata en miaulements terribles, en rugissements, elle fit entendre son langage de bataille, et sauta de nouveau. J'usai de son collier pour la rejeter contre le mur, et la frappai au centre du visage. À ce moment, elle pouvait, certes, me blesser gravement. Elle n'en fit rien, se contint, me regarda en face et réfléchit... Je jure bien que ce n'est pas la crainte que je lus dans ses yeux. Elle *choisit*, à ce moment décisif, elle opta pour la paix, l'amitié, la loyale entente ; elle se coucha, et lécha son nez chaud… (*La Maison de Claudine*, II, 1063).

La Chatte, l'un de ses plus beaux romans en 1933, chef-d'œuvre avec *Chéri* et *La Fin de Chéri*, raconte la passion d'un jeune homme, Alain, pour Saha, sa chatte des Chartreux. Colette se rappelle la nouvelle de Balzac, *Une passion dans le désert*, entre un soldat de la campagne d'Égypte et une panthère. Camille, la fiancée d'Alain, puis sa femme, jalouse de la chatte, la précipite par la fenêtre de l'appartement. Alain choisit la chatte, idéal de pureté animale, contre sa jeune femme frivole : « Il lui dédia rapidement quelques litanies rituelles qui convenaient aux grâces caractéristiques et aux vertus d'une chatte dite des Chartreux, pure de race, petite et parfaite. “Mon petit ours à grosses joues… Fine-fine-fine chatte… Mon pigeon bleu… Démon couleur de perle…” » (III, 817).

Dans les *Dialogues de bêtes*, Colette les humanise, mais par la suite elle se montre sensible à leur être animal, comme dans son portrait de « La “Chatte”, celle qui n'a pas voulu d'autre nom » (*Marie-Claire*, 27 janvier 1939), modèle de Saha : « Cinquante chattes m'ont accompagnée un bout du chemin, sur la longue route de mon existence.

Fourbues avant moi, elles se sont couchées pour mourir, et j'ai continué sans elles... Celle-ci est, je pense, ma dernière chatte » (*JEG*, 26). Elle côtoya Colette de 1925 à 1939 : « Nous avons vieilli, la Chatte et moi – la Chatte plus vite que moi – côte à côte. Elle n'est plus aussi bleue ? » (*JEG*, 31). Il fallut la piquer : « Ayant remis mon masque quotidien, je n'en parle plus », écrit Colette à une amie (*PB*, 416).

« Colette n'aimait pas les bêtes », prétendra Cocteau (*PB*, 311). Julien Green rapporte cette anecdote dans son *Journal* : « En arrivant, Cocteau nous montre un oiseau malade qu'il a trouvé dans les Champs-Élysées. Colette le prend, l'examine et va lui tordre le cou dans le jardin » (25 mai 1929). Ce n'était pas cruauté mais pitié, et Cocteau se trompe. Colette ne faisait pas de sensiblerie. Fille de la campagne, elle n'avait rien de mièvre.

8
Le faune

Rue de Courcelles, dans l'appartement où elle s'installa avec Willy en 1902, Colette disposa d'une salle de gymnastique où elle s'exerçait aux barres parallèles et au trapèze :

> Je me suspendais, je tournais autour de la barre, j'étirais mes muscles, presque clandestinement, sans passion et sans virtuosité particulière. En y songeant après, il m'a bien semblé que j'exerçais mon corps à la manière des prisonniers qui ne méditent pas nettement l'évasion, mais découpent et tressent un drap, cousent des louis dans une doublure et cachent du chocolat sous leur paillasse » (*Mes apprentissages*, III, 1064).

C'était une manière de soigner la dépression que lui causaient les infidélités de Willy, ou de la masquer : « Il y a toujours un moment, dans la vie des êtres jeunes, où mourir leur est tout juste aussi normal et aussi séduisant que vivre, et j'hésitais » (*Mes apprentissages*, III, 1007).

Mais la gymnastique devint un métier après que Colette prit des leçons de pantomime en 1905 avec Georges Wague, qui renouvela l'art du « regrettable » Deburau admiré par Gautier et Baudelaire, avant de le transmettre à Jean-Louis Barrault. 1905 est l'année où Colette commence à s'éloigner de Willy, où elle rencontre Mathilde de Morny, divorcée du marquis de Belbeuf, où son père meurt en septembre, et où elle séjourne une dernière fois aux Monts-Boucons, la propriété achetée par Willy avec les droits d'auteur des *Claudine*.

Toby-Chien rapporte à Kiki-la-Doucette les propos de leur maîtresse :

> J'en ai assez ! s'écria-t-Elle. Je veux… je veux… je veux faire ce que je veux ! […] Je veux jouer la pantomime, même la comédie. Je veux danser nue, si le maillot me gêne et humilie ma plastique. Je veux me retirer dans une île, s'il me plaît, ou fréquenter des dames qui vivent de leurs charmes, pourvu qu'elles soient gaies, fantasques, voire mélancoliques et sages, comme sont beaucoup de femmes de joie. Je veux écrire des livres tristes et chastes, où il n'y aura que des paysages, des fleurs, du chagrin, de la fierté, et la candeur des animaux charmants qui s'effraient de l'homme… Je veux sourire à tous les visages aimables, et m'écarter des gens laids, sales et qui sentent mauvais. Je veux chérir qui m'aime et lui donner tout ce qui est à moi dans le monde : mon corps rebelle au partage, mon cœur si doux et ma liberté ! Je veux… je

veux !… (« Toby-Chien parle », *Les Vrilles de la vigne*, I, 994).

Colette réclamait la liberté de son corps et de sa plume. Elle se montra dans des tableaux vivants chez Natalie Barney à Neuilly et chez Renée Vivien à Nice, dans un milieu saphique. Puis elle monta sur les planches avec Wague, dont elle devint la partenaire et l'amie, et qui servit de modèle au personnage de Brague dans *La Vagabonde* :

> Nous répétons, depuis quelques jours, une nouvelle pantomime, Brague et moi. Il y aura une forêt, une grotte, un vieux troglodyte, une jeune hamadryade, un faune dans la force de l'âge.
>
> Le faune, c'est Brague, la nymphe forestière, c'est moi, quant au vieux troglodyte, il n'en est pas encore question. Son rôle est épisodique, et, pour le jouer, dit Brague, « j'ai un petit salopin de dix-huit ans, dans mes élèves, qui *fera* tout à fait préhistorique ! »
>
> On veut bien nous prêter la scène des Folies, le matin, de dix à onze heures, pour les répétitions. Débarrassée de ses toiles de fond, la profonde scène nous montre tout son plateau nu. Qu'il y fait triste, qu'il y fait gris lorsque j'arrive, sans corset, un chandail en guise de blouse, et culottée de satin noir sous la jupe courte !… (I, 1110-1111).

Colette fit ses débuts publics sur scène le 6 février 1906, au théâtre des Mathurins, comme un faune dans le mimodrame *Le Désir, la Chimère et l'Amour*. Puis elle joua dans *La Romanichelle* à l'Olympia, recueillant un certain succès dans la presse. Dans *Pan*, en novembre 1906, elle apparut nue sous quelques peaux de bête. Mais le scandale éclata avec *Rêve d'Égypte* au Moulin-Rouge le 3 janvier 1907, pantomime jouée par Colette et « Yssim », c'est-à-dire Missy, la marquise de Morny. Colette incarnait une momie qui se réveillait et tombait dans les bras de son archéologue. Le spectacle fut interdit par le préfet Lépine.

La carrière de mime de Colette démarra pour de vrai avec *La Chair*, en novembre 1907 à l'Apollo. Colette interprète Yulka, la femme du contrebandier Hokartz. Elle aime le jeune Yorki. Dans un moment inoubliable, Wague lui déchire sa robe et un sein jaillit, parfois deux. C'est une première au music-hall. « Comment oses-tu poser ainsi, presque nue ! » lui écrit Sido (*LC*, 148). Mais elle touche des revenus. Colette et Wague tourneront avec *La Chair* jusqu'en 1911, à Monte-Carlo, Nice, Bordeaux, Royan, Vichy, Rouen, Marseille, Lyon, Saint-Étienne, Bruxelles, Grenoble, Ostende, Dijon, Biarritz, Genève : « Je suis encore ahurie d'avoir eu tant de succès et d'avoir encaissé 973 francs pour deux représentations », écrit-elle à Wague en septembre 1908 (*LV*, 22).

Ainsi, durant quelques années, Colette gagna sa vie comme mime ou danseuse, disons artiste de music-hall. C'était l'époque de Mistinguett, Polaire, la Belle Otero, Loïe Fuller, Isadora Duncan, et le charme pervers, la souplesse féline de Colette, ainsi que le sein nu, remplissaient les salles. « Quel dommage, quand on a un talent d'écrivain comme le tien, d'aller danser au théâtre », lui reprochait Sido (*LC*, 48). Mais Colette n'avait pas renoncé à écrire. Elle avait besoin de monter sur les planches pour conjurer la solitude de l'écriture et l'angoisse de la page blanche.

9

« J'appartiens à Missy »

Après quelques aventures saphiques (avec Georgie, la Rézi de *Claudine en ménage*, ou Natalie Barney), Colette eut une longue liaison de cinq années avec Missy, dite aussi « Oncle Max », qu'elle rencontra en 1905 au Cercle Victor-Hugo, ou Cercle des arts et de la mode, ancienne Ferme des jeux. Elle se séparait alors de Willy, ou bien Willy se séparait d'elle.

Née en 1863, Missy a dix ans de plus que Colette. C'est la fille du duc de Morny, frère utérin de Napoléon III, et de la princesse Sophie Troubetzkoï, qui l'a élevée à l'Escurial après la mort de son père. Mariée en 1881 au marquis de Belbeuf, divorcée en 1903, elle porte les cheveux courts, s'habille en homme, arbore un chapeau melon, fume le cigare, pratique la boxe et l'escrime, chasse et monte à cheval, conduit elle-même sa De Dion rouge. Androgyne accomplie, elle sera la maîtresse officielle de Colette jusqu'en 1911.

Le 3 janvier 1907, lors de la création au Moulin-Rouge de *Rêve d'Égypte*, la pantomime où Missy, interprétant le rôle d'un explorateur, ressuscitait une momie jouée par Colette, laquelle sortait de son sarcophage et l'embrassait, un tapage suivit, orchestré par le frère de Missy et la claque. Missy fit les frais du scandale, ainsi que Willy, qui perdit sa chronique musicale dans *L'Écho de Paris*, tandis que Colette s'en sortait indemne, n'ayant rien à perdre.

C'est le temps de la libération de l'écrivain, épreuve douloureuse. Elle rédige les brèves proses recueillies dans *Les Vrilles de la vigne*, dont plusieurs, dédiées à Missy, furent réunies dans une plaquette que Colette lui offrit, telle « Nuit blanche », qui affiche la nature de leur relation : « Tu me donneras la volupté, penchée sur moi, les yeux pleins d'une anxiété maternelle, toi qui cherches, à travers ton amie passionnée, l'enfant que tu n'as pas eu… » (I, 972). Colette trouve auprès de Missy le dévouement et la compassion dont elle a besoin durant ses démêlés conjugaux avec Willy. Dans ses lettres à Missy, elle se nomme elle-même « ton enfant », et lui confie par exemple : « […] vous savez bien que je n'ai que vous dans la vie, et que si j'ai des doigts écrasés, du chagrin ou une chaussette perdue, je n'ai pour tout cela qu'un cri "Missy" » (*LM*, 65), tandis qu'elle livre à une amie : « Je n'ai qu'elle au monde – car Maman se fait très vieille (74 ans) et je vis loin d'elle » (*PB*, 128). Vers le même temps, elle écrit à Jacques Gauthier-Villars, le fils de Willy : « C'est toujours la Missy que tu connais, le même compagnon fidèle, et honnête et tendre, qui m'a sauvée, retiens-le, du désespoir, du suicide sans doute, ou peut-être, ce qui serait pis, de la triste vie des "femmes entretenues" » (*LM*, 27).

Cet être généreux, courtois, mélancolique, souffrant elle-même d'un manque d'affection depuis son enfance auprès d'une mère qui la détestait, révéla l'amour à Colette, à plus de trente ans passés. Entre ces deux femmes, l'entente et la communion régnèrent. Colette fera ainsi, dans *Le Pur et l'Impur*, de l'intimité entre femmes un idéal de vie partagée :

> Il n'y aura jamais trop de crépuscule ménagé, de silence et de gravité sur une étreinte de femmes. Deux femmes bien éprises n'évitent pas la volupté, ni une sensualité plus éparse que le spasme, et plus que lui chaude. C'est cette sensualité sans résolution et sans exigences, heureuse du regard échangé, du bras sur l'épaule, émue de l'odeur de blé tiède réfugiée dans une chevelure, ce sont ces délices de la présence constante et de l'habitude qui engendrent et excusent la fidélité » (III, 617-618).

Colette aurait alors porté un collier en or avec l'inscription « J'appartiens à Missy » ou « J'appartiens à Mme de M... », selon un ragot rapporté par Louise Weiss, qui le tenait du préfet Lépine, celui qui avait interdit *Rêve d'Égypte* au Moulin-Rouge (III, LV). Missy entretenait Colette sans compter, l'accompagnait dans ses tournées. Elle acheta la villa « Rozven », près de Saint-Malo, au nom de Colette. Après avoir rencontré Henry de Jouvenel, qui deviendra son deuxième mari, Colette quitta Missy en 1911, mais garda la maison et ne se révéla pas un modèle de gratitude.

Dans *Le Pur et l'Impur*, elle livre un portrait transparent de Missy sous le nom de la Chevalière, mais le personnage s'appelait encore la Marquise dans la publication en feuilleton dans *Gringoire*: « [...] elle avait, d'un homme, l'aisance, d'excellentes façons, la sobriété du geste, un viril équilibre du corps. [...] Venue de haut, elle s'encanaillait comme un prince » (III, 591). Cette description de ses mœurs blessa d'autant plus Missy que Colette se présente comme un témoin, non comme un acteur, et condamne son ancienne compagne au malheur:

> [...] son front blanc, carré, ses yeux anxieux, presque noirs, cherchaient ce qu'elle n'a jamais trouvé: un calme climat sentimental. Car, pendant quarante années et plus, cette femme à dégaine de

beau garçon endura la peine et l'orgueil de ne pouvoir lier honnêtement amitié avec des femmes… Ce ne fut pas faute d'essayer, car elle ne demandait rien de mieux, ni de pis. Mais le salace espoir des femmes effarait son très naturel platonisme qui ressemblait bien plus au frémissement contenu, à l'éparse émotion de l'adolescent, qu'à la précise réquisition de la femme. Il y a une vingtaine d'années, elle essayait, avec amertume, de s'en expliquer : « Je ne connais rien d'achevé dans l'amour, me disait-elle, sauf *l'idée* que je m'en fais. Mais… elles ne m'ont jamais permis d'en rester là, – elles, les femmes… » (III, 594-595).

La fin de la vie de Missy, ruinée et solitaire, fut triste. Colette la qualifie d'« être inachevé » en 1944, quand elle apprend sa tentative de suicide (*LMM*, 288). Mais Missy ne se rata pas une seconde fois : « […] j'aurai été un mirage », lui fait dire Colette dans *Le Pur et l'Impur*, sentence impitoyable (III, 597).

10

Music-hall

Colette disait que la musique était sa « véritable vocation » : « Tous étaient musiciens dans ma famille », aimait-elle à rappeler (*MV*, 106). Elle fut une bonne pianiste amateur. Avec Willy, critique musical estimé, elle assista à de nombreux concerts, fréquenta les meilleurs musiciens, et elle se rendit à Bayreuth. Ses premières publications furent une chronique musicale dans *La Cocarde* de Barrès en 1895, avant ses comptes rendus au *Gil Blas* en 1903 sous le titre « Claudine au concert » et « Claudine au Conservatoire ». Elle confiera dans *Mes apprentissages* son admiration pour Debussy et Fauré, elle collaborera avec Ravel pour *L'Enfant et les Sortilèges*, et elle sera amie de Poulenc.

Mais c'est au music-hall qu'elle se produisit, haut lieu de la Belle Époque et avatar du café-concert du Second Empire. Un programme de music-hall présente une succession de numéros de chant, danse, pantomime, acrobatie, dressage d'animaux, et l'indispensable attraction exécutée par une « troupe de *girls* » (II, 247). Mitsou, la petite artiste de la nouvelle de ce nom, le rappelle doctement au lieutenant bleu et à son camarade kaki : « C'est un music-hall, ici, ce n'est pas un café-concert » (II, 654-655). À ne pas confondre, donc. Enfin, le spectacle comprend toujours une étoile, la Belle Otero, Fréhel, Mistinguett…, et parfois une vedette américaine pour chauffer la salle.

À partir de 1907, Colette interpréta divers pantomimes et mimodrames avec Georges Wague. Ses plus grands succès furent *Aux Bat' d'Af'* et *La Chair* au Ba-Ta-Clan en 1911, *L'Oiseau de nuit*, créé en 1911, ou encore le tableau *La Chatte amoureuse* de Wague, avec Musidora, dans la revue *Ça grise* en 1912, toujours au Ba-Ta-Clan.

Colette fut mime plus que danseuse ou actrice. Au théâtre, son accent poyaudin et ses *r* roulés déconcertaient. Mais elle joua Claudine dans *Claudine à Paris* en 1909 et 1910, dans une trentaine de villes à chaque tournée, rythme épuisant qu'elle raconta dans *La Vagabonde* (1910) et *L'Envers du music-hall* (1913) :

> La lumière du théâtre, les paillettes, les costumes, les figures maquillées, les sourires, ce n'est

> pas un spectacle pour moi, tout ça... Je ne vois que le métier, la sueur, la peau qui est jaune au grand jour, le découragement... [...] C'est comme si j'étais seule à connaître l'envers de ce que les autres regardent à l'endroit... (II, 278-279).

Son témoignage sur les coulisses la montre solidaire de ses camarades de tournée, exploités, « abeilles pauvres et sans butin » (II, 279).

> J'ai l'air d'un hanneton découragé, battu par la pluie d'une nuit de printemps... J'ai l'air d'un oiseau déplumé... J'ai l'air d'une gouvernante dans le malheur... J'ai l'air... mon Dieu, j'ai l'air d'une actrice en tournée, et c'est assez dire... [...].
>
> Je marche derrière Brague, qui se fraie un chemin à coups de coude sur l'avenue du Nord, encombrée d'employés et d'ouvrières qui se rendent, comme nous, à leur usine. Un piquant soleil de mars fait fumer la pluie, et mes cheveux défrisés pendent, comme dans le bain de vapeur. Le pardessus de Brague, trop long, lui bat les mollets et se crotte à chaque pas. À nous regarder, nous valons dix francs par soirée, Brague pas rasé et moucheté de boue, moi ivre de sommeil et coiffée en skye-terrier... (II, 224 et 227).

Colette fut-elle une bonne mime, une comédienne talentueuse? Nous n'en savons rien. Elle était déjà un écrivain notoire. Allait-on voir l'écrivain sur scène, jouant son propre rôle et montrant son sein? À partir de 1910, elle fournit aussi ses « Contes des mille et un matins » au *Matin*, qui tirait à près d'un million d'exemplaires. La scène et le journalisme lui servirent d'apprentissage du roman. *Mitsou*, *Chéri* seront d'abord conçus comme des pièces de théâtre et abondent en dialogues.

La réputation sulfureuse de la saltimbanque ne nuit pas à la vogue de l'écrivain, dont la valeur est reconnue depuis *Dialogues de bêtes* et *Les Vrilles de la vigne*. *La Vagabonde*, reportage sur le music-hall et autobiographie sentimentale, obtint deux voix au prix Goncourt en 1910 : « Je ne puis m'empêcher de croire que tu écris ta biographie, parce que... ce sont des choses vécues et d'autant plus intéressantes », lui écrit Sido à la parution du roman (*LC*, 370).

Colette mena de front deux et même trois carrières entre 1910 et 1913, sur les planches, dans la presse, en librairie, nourrissant une activité par l'autre. Elle se produisit encore sur scène dans *L'Oiseau de nuit* en avril 1913 à Genève, avec Wague, alors qu'elle était enceinte de six mois.

« J'ai tout aimé, j'aime tout du music-hall, qui a pris six ans de mon existence », dira-t-elle en 1936 (*PB*, 395). Elle était remontée sur scène pour jouer Léa, la courtisane d'âge mûr de *Chéri*, lors de la 100e représentation en 1922, puis souvent par la suite. Elle tint la critique dramatique du

Matin au début des années 1920, voyant jusqu'à cinquante pièces par an, puis au *Quotidien* en 1924, de nouveau au *Journal* de 1933 à 1938. Jamais elle ne put sc passer de la scène.

II

Le capitaine

> Sur un des plus hauts rayons de la bibliothèque, je revois encore une série de tomes cartonnés, à dos de toile noire. Les plats de papier jaspé, bien collés, et la rigidité du cartonnage attestaient l'adresse manuelle de mon père. Mais les titres, manuscrits, en lettres gothiques, ne me tentaient point, d'autant que les étiquettes à filets noirs ne révélaient aucun auteur. Je cite de mémoire : *Mes campagnes*, *Les Enseignements de 70*, *La Géodésie des géodésies*, *L'Algèbre élégante*, *Le Maréchal de Mac-Mahon vu par un de ses compagnons d'armes*, *Du village à la Chambre*, *Chansons de zouave*… J'en oublie (*Sido*, III, 531).

Dans *Claudine à l'école*, Claudine n'a pas de mère, mais elle a un père. C'est un savant malacologue perdu dans ses livres, spécialiste des mollusques, plus exactement des limaces. Distrait, inoffensif, un peu ridicule, il laisse toute liberté à sa fille, qui en profite.

Le père de Colette, le capitaine Jules Colette,

second mari de Sido, né à Toulon, était entré à Saint-Cyr en 1847. Il avait servi en Guyane, Kabylie, Turquie, Afrique. Puis il participa à la campagne d'Italie de 1859, contre l'empire d'Autriche et pour l'indépendance italienne. Blessé à Melegnano (Marignan) en juin 1859, il dut être amputé de la jambe gauche. On lui confia ensuite la perception de Saint-Sauveur, où Sido avait épousé Jules Robineau-Duclos. À la mort de son mari en 1865, selon le juge de paix du canton, « il n'y a pas une personne à Saint-Sauveur qui ne soit convaincue que le second enfant de Mme Robineau ne soit l'œuvre de M. Colette » (I, XLVI). Sido épousa le percepteur avant la fin de l'année. Fantasque, rêveur, dira Colette dans « Le Capitaine », la partie de *Sido* consacrée à son père, « il l'aimait sans mesure, – il la ruina dans le dessein de l'enrichir – elle l'aimait d'un invariable amour, le traitait légèrement dans l'ordinaire de la vie, mais respectait toutes ses décisions » (III, 516).

Le couple de ses parents représenta pour Colette un modèle d'amour et de complicité, même si le capitaine, à la différence de Sido, de Colette et de ses frères, n'y connaissait rien à la nature, aux plantes et aux bêtes, hors des livres. Ayant pris sa retraite dès 1880 pour se lancer dans la politique locale et ayant échoué dans ses campagnes au-delà du conseil municipal, il se réfugia dans les journaux et les revues.

Unijambiste depuis l'âge de vingt-neuf ans, il était fier : « Mon père et moi, nous n'acceptons pas la pitié. Notre carrure la refuse », note Colette dans son portrait du capitaine (III, 519), mais la maison était rythmée par ce qu'elle appelle « ce saut de corbeau qui le hissait de marche en marche » dans l'escalier (*La Maison de Claudine*, II, 1035). C'est bien après la mort du capitaine, relatant une conversation avec Anatole de Monzie, le ministre de la IIIe République, ami d'enfance d'Henry de Jouvenel et boiteux, que Colette montre le plus de compréhension pour la souffrance intime d'un invalide : « Je lui demandai un jour [...] s'il imaginait ce que peut être une existence dévastée par une pensée unique, et je fus étonnée par la réponse qu'il me fit : "Très bien, expliqua-t-il promptement, puisque toute ma vie, tous les jours, et presque à chaque heure, je me suis rappelé que j'étais boiteux" » (*Le Fanal bleu*, IV, 968-969).

Son père, dit-elle encore, avait la « vertu d'être triste à bon escient, et de ne jamais se trahir » (III, 519). Sa mélancolie était protégée par sa jovialité et ses chants d'homme du Midi. À propos des soucis que leur donna la fille aînée de Sido, dont le mari exigea l'héritage et causa la ruine de la famille : « J'ai dû payer tout cela par de longues et terribles souffrances de mon pied absent », confiait-il à un ami dans une lettre dont Colette ne prit connaissance que bien après sa mort (III, 521, note 4), et ce fut alors qu'elle put en conclure que son « allègre père nourrissait la tristesse profonde des amputés » (III, 524), et que sa vie fut un « mirage des joies d'homme… » (III, 525), un mirage, comme Missy avait été un mirage, ces deux êtres qui souffrirent d'un manque.

Ce que Colette découvrit aussi après coup, c'est que le capitaine avait été un écrivain rentré, résigné à son impuissance. C'est Sido qui écrit des lettres à sa fille partie pour Paris, tandis qu'il achète sans mesure des « fournitures de bureau », crayons, plumes, gommes, encre, rames de papier : « Mon père, né pour écrire, laissa peu de pages », signale Colette dans « La Cire verte » (IV, 385). Une voyante à qui elle rendit visite dix ans avant d'écrire sur son père vers 1921 lui dit : « […] vous représentez ce qu'il aurait tant voulu être sur la terre. Vous êtes justement ce qu'il a souhaité d'être. Lui, il n'a pas pu » (III, 530).

> « Viens donc voir, appela un jour mon frère, l'aîné. » […]
>
> La douzaine de tomes cartonnés nous remettait son secret, accessible, longtemps dédaigné. Deux cents, trois cents, cent cinquante pages par volume ;

beau papier vergé crémeux ou « écolier » épais, rogné avec soin, des centaines et des centaines de pages blanches... Une œuvre imaginaire, le mirage d'une carrière d'écrivain.

Il y en avait tant, de ces pages respectées par la timidité ou la nonchalance, que nous n'en vîmes jamais la fin. Mon frère y écrivit ses ordonnances, ma mère couvrit de blanc ses pots de confitures, ses petites-filles griffonneuses arrachèrent des feuillets, mais nous n'épuisâmes pas les cahiers vergés, l'œuvre inconnue. [...]

J'y puisai à mon tour, dans cet héritage immatériel, au temps de mes débuts. Est-ce là que je pris le goût fastueux d'écrire sur des feuilles lisses, de belle pâte, et de ne les point ménager? J'osai couvrir de ma grosse écriture ronde la cursive invisible, dont une seule personne au monde apercevait le lumineux filigrane qui jusqu'à la gloire prolongeait la seule page amoureusement achevée, et signée, la page de la dédicace: *À ma chère âme, son mari fidèle:* Jules-Joseph Colette » (III, 531-532).

Mais cet épilogue fantastique de la carrière littéraire ratée du capitaine Colette ne serait-il pas un peu exagéré? Sido et Achille étaient morts depuis près de vingt ans quand Colette publia ce souvenir.

12

« Ce que je cherche, c'est l'amour »

Colette faisait dire à Minne dans *L'Ingénue libertine*: « Ce que je cherche, c'est l'amour, n'importe lequel, un amour comme tout le monde, mais un vrai » (I, 743). Quand André Parinaud lui rappelle cette déclaration au cours de leurs entretiens en 1950, Colette se fâche : « Littérature. À ce moment-là, j'étais un petit bout de femme qui travaillait sur le papier aussi bien qu'elle le pouvait et, à cette période de ma vie, je n'étais même pas amoureuse » (*MV*, 117).

Colette évoque les deux *Minne*, qu'elle écrivit après les *Claudine*, en 1904 et 1905, et que Willy signa. Elle n'était pas amoureuse, dit-elle, ou plus amoureuse à cette date, car elle a longtemps aimé Willy, malgré ses infidélités. En 1907, alors qu'il l'a quittée, elle lui propose encore une sorte de ménage à trois avec Missy, à condition qu'il renonce à Meg Villars, sa maîtresse, avatar de Claudine qu'il épousera après leur divorce : « Revenez, revenez auprès de moi, dans un appartement qui sera si près du mien que ce serait presque le même » (*PB*, 147). Colette a aimé Willy et elle lui en a voulu de n'être pas revenu à elle après leur séparation, qu'elle n'a pas jugée irréversible jusqu'au moment où elle découvrit, en 1909, qu'il avait vendu pour toujours les *Claudine*.

Dans l'une des proses données en 1908 à *La Vie parisienne* avant d'être réunies dans *Les Vrilles de la vigne*, Colette semble décrire ce qu'a été sa vie avec Willy :

> « L'amour ?... »
> Geste d'épaules.
> « L'amour ? Ah ! là là... Pas le temps. Avec les "premières", les dîners, les soupers, les déjeuners en auto aux environs, les expositions et les thés... C'est terrible, ce mois-ci ! » (« De quoi est-ce qu'on a l'air ? », I, 1020).

Le rythme soutenu de leur vie mondaine, entre les soirées au théâtre, les concerts, les salons, ne laissait pas de pauses pour l'amour. Colette semble avoir de plus en plus souffert avec Willy. Contrairement à ce qu'elle répondra à André Parinaud, Colette rechercha longtemps l'amour.

Les lettres à Missy, les nouvelles dédiées à Missy dans *Les Vrilles de la vigne*, réunies dans la plaquette *Pour Missy*, montrent où elle le trouva pour un temps. En tournée, elle écrit en juin 1909 : « Mon amour chéri, j'ai enfin reçu une lettre de vous […] ! Je suis bien contente […] et je la trouve délicieuse, puisque vous dites que votre odieux enfant vous manque ! Ma chérie, cela suffit pour me combler de joie, et j'en suis devenue rouge, toute seule, de plaisir, d'une sorte d'orgueil amoureux » (*LM*, 72). Dans ses lettres, Colette se présente comme le « faux enfant », l'« enfant insupportable » de Missy.

Ainsi se concluait la plaquette dédiée à Missy :

> Tout à l'heure, quand je quitterai ma robe, tu me verras toute rose, comme une statue peinte. Je me tiendrai immobile devant [le feu], et sous la lueur haletante ma peau semblera s'animer, frémir et bouger comme aux heures où l'amour, d'une aile inévitable, s'abat sur moi… Restons ! Le dernier feu de l'année nous invite au silence, à la paresse, au tendre repos (I, 980).

Avec Henry de Jouvenel, avec Bertrand de Jouvenel, le père et le fils, Colette cherchera et trouvera encore l'amour, fait à la fois de volupté et de complicité, de plaisir et d'entente, et elle donnera plusieurs beaux romans d'amour, *Chéri*, *Le Blé en herbe*, *La Chatte*, qui toutefois ne se terminent jamais très bien.

Dans *La Naissance du jour*, à la fin des années

1920, à quarante-cinq ans, elle fait mine d'en avoir fini avec l'amour :

> Une des grandes banalités de l'existence, l'amour, se retire de la mienne. [...] Sortis de là, nous nous apercevons que tout le reste est gai, varié, nombreux. Mais on ne sort pas de là quand, ni comme on veut. Qu'elle était judicieuse, la remontrance d'un de mes maris : « Mais tu ne peux donc pas écrire un livre qui ne soit d'amour, d'adultère, de collage mi-incestueux, de rupture ? Est-ce qu'il n'y a pas autre chose dans la vie ? » [...] Ne fallait-il, pour en arriver, pour en revenir là, que trente ans de ma vie ? Je finirai par croire que ce n'était pas payer trop cher. Voyez-vous que le hasard ait fait de moi une de ces femmes cantonnées dans un homme unique, au point qu'elles en portent jusque sous terre, stériles ou non, une ingénuité confite de vieille fille ?... (III, 285-286).

Colette évoque les trente années écoulées entre son mariage avec Willy en 1893 et son divorce d'avec Jouvenel en 1925, après *Le Blé en herbe*, le premier livre qu'elle signa Colette tout court en 1923, ni Colette Willy ni Colette de Jouvenel.

Que reste-t-il de nos amours ? Georges Duhamel rapporta ce mot de Colette : « Il y en a qui confondent la volupté avec l'amour. Quelle stupidité ! » (*PB*, 422). Tenant le courrier du cœur dans le numéro de *Marie-Claire* du 24 mai 1940 (la drôle de guerre était terminée depuis le 10 mai), à une lectrice qui demandait : « Le temps venu, et avec lui, la vieillesse, par quoi deux êtres, qui s'aiment follement, remplaceront-ils l'amour ? », Colette répondait succinctement : « Mais, Madame, par l'amour » (*JEG*, 78).

L'amour idéal restait celui de ses parents, Sido et le capitaine, êtres merveilleux : « Il me fut bon de connaître, et de me remettre en mémoire, par moments, cette complète image de l'amour : une tête d'homme, déjà vieux, abîmée dans un baiser sur une petite main de ménagère, gracieuse et ridée » (*Sido*, III, 527). La preuve de l'amour : vieillir ensemble.

13

La sauvageonne

« Je suis restée une paysanne », déclare Colette à *Marie-Claire* en mai 1940. Un mythe de plus créé par l'écrivain, c'est Saint-Sauveur-en-Puisaye, son Combray, son village natal, ses souvenirs d'enfance, sa maison fabuleuse, son école et ses promenades. Colette a immortalisé Saint-Sauveur dans le Montigny de *Claudine à l'école*, puis dans *La Maison de Claudine*, hommage à ses racines terriennes. Elle prit soin de conserver son accent bourguignon pour entretenir son image de provinciale.

Ruinés, ses parents durent quitter en 1891 la belle maison du premier mari de Sido à Saint-Sauveur, avec son double perron, ses deux jardins, où Colette avait passé les dix-huit premières années de sa vie. On s'installa à Châtillon-sur-Loing (plus tard Châtillon-Coligny), où Achille, le frère aîné, s'était établi comme médecin, dans une maison, dira Colette, « si petite et si modeste, – si différente de la large maison natale de Saint-Sauveur » (*Mes apprentissages*, III, 999).

Colette revint à Saint-Sauveur avec Willy en 1895, pour la distribution des prix. Cette visite fut le prétexte de la rédaction de ses souvenirs, qui devinrent *Claudine à l'école*. Puis avec Bertrand de Jouvenel en 1921, et l'excursion fut cette fois à l'origine de *La Maison de Claudine*. Elle passa par Saint-Sauveur en juin 1925, en voiture, au retour du Midi avec Maurice Goudeket, qui deviendra son troisième mari : « J'ai vu [...] la glycine antique enlacée à la grille de ma maison de Saint-Sauveur », écrit-elle à Marguerite Moreno (*LMM*, 107).

La maison, dont Achille avait hérité, fut vendue à un industriel soyeux de Lyon qui en offrit l'usufruit à Colette (pour le remercier, elle rédigea un article de promotion). Elle put alors y rentrer : « Trente-trois ans, songez donc, trente-trois ans que je n'avais revu ni l'intérieur de la maison, ni le jardin ! Une émotion si grande, une telle impression de temps aboli ! » confie-t-elle à son amie Germaine Patat (III, XLI). Mais elle ne renouvela pas l'expérience et mit en location sa maison, qui était pour elle un rêve de paradis perdu plus qu'une réalité.

Dans le premier livre de souvenirs, *La Maison de Claudine* (1922), Colette s'identifie au personnage qu'elle a créé plus de vingt ans auparavant et donne d'emblée une épaisseur légendaire à sa maison natale, enrichit le folklore de la fille amoureuse de la campagne, de la nature, des bois et des champs, des animaux. C'est autour des sens, en premier lieu de l'odorat, que sa mémoire s'ordonne : « Une odeur de gazon écrasé traîne sur la pelouse non fauchée, épaisse, que les jeux, comme une lourde grêle, ont versée en tous sens » (III, 978).

Elle raconte ainsi son bonheur à retrouver sa maison au retour d'un séjour à Paris, quand elle a seize ans :

> Comme si je les découvrais ensemble, je saluai, inséparables, ma mère, le jardin et la ronde des bêtes. L'heure de mon retour était justement celle de l'arrosage, et je chéris encore cette sixième heure du soir, l'arrosoir vert qui mouillait la robe de satinette bleue, la vigoureuse odeur de l'humus, la lumière déclinante qui s'attachait, rose, à la page blanche d'un livre oublié, aux blanches corolles du tabac blanc, aux taches blanches de la chatte dans une corbeille (III, 999).

La maison de Colette restera toujours attachée à ses parfums :

> L'attention d'un enfant obéit au plus averti de ses sens. Déjà le mien était l'odorat. Ma mère venait à peine de prononcer le mot « lessive », que je croyais respirer la douceâtre odeur des cendres,

réparties sur le drap de chanvre qui couvrait le grand cuveau, dans la buanderie. À intervalles réguliers, la femme-de-lessive versait, sur le lit de cendres, un broc d'eau bouillante qu'elles filtraient dans la masse du linge... L'air obscurci, bleu de vapeur, roulait par nuées distinctes, voilait la grande chaudière ronde, son tuyau qui perçait le plafond. Énorme, cuirassée de toile, la femme-de-lessive allait flottant d'un mur à l'autre, au mépris, semblait-il, des lois de la pesanteur. Une liasse de racines d'iris, blanches comme des ossements, pendait à un clou... Lave lisse et fumante, la couche de cendres retenait quelques braisillons noirs – raisins dans le cake, truffes dans le foie gras – et je les extrayais en m'échaudant les doigts.

« Tu avais qu'à n'y pas toucher, ma petite servante », me disait la femme-de-lessive.

Car les plus doux noms qu'une nourrice, qu'une domestique, qu'une mère puissent donner, dans mon pays, à l'enfant qu'elles ont vu naître, c'est « ma petite servante », « ma petite compagnie » (« Sido et moi », *Journal à rebours*, IV, 169).

Colette le redira à Lucie Delarue-Mardrus en 1943 : « Et pour l'odorat... le mien est si impérieux qu'il prime tous les autres sens. Si mes autres sens valaient l'olfactif, je serais la reine du monde, – ou chien de chasse » (*LSP*, 181).

Après avoir fait entrer sa maison et son village de Saint-Sauveur-en-Puisaye dans la littérature, elle s'en était éloignée dans la réalité, pour s'attacher à d'autres maisons, en Bretagne, dans le Midi. Mais cette maison d'enfance est l'une des plus attrayantes parmi toutes les maisons d'écrivain en France, restaurée avec amour, meublée avec soin, décorée avec respect. Je m'y suis rendu tandis que j'écrivais ces lignes, j'ai vu la petite chambre de Colette, j'ai déambulé dans le jardin du haut et le jardin du bas. Tout y est authentique et je recommande la visite – après avoir lu *La Maison de Claudine* et *Sido*.

14
Paris

> Et pourquoi cesserais-je d'être de mon village ? Il n'y faut pas compter. Te voilà bien fière, mon pauvre Minet-Chéri, parce que tu habites Paris depuis ton mariage. Je ne peux pas m'empêcher de rire en constatant combien tous les Parisiens sont fiers d'habiter Paris, les vrais parce qu'ils assimilent cela à un titre nobiliaire, les faux parce qu'ils s'imaginent avoir monté en grade. À ce compte-là, je pourrais me vanter que ma mère est née boulevard Bonne-Nouvelle ! Toi, te voilà comme le pou sur ses pieds de derrière parce que tu as épousé un Parisien. Et quand je dis un Parisien… (*Sido*, III, 495).

Provinciale dans l'âme, Colette n'en devint pas moins très vite une « légende parisienne » après son installation dans la capitale. De Paris, elle connut tous les quartiers, à la faveur des innombrables déménagements qu'elle entreprit de recenser dans *Trois… Six… Neuf…*, rédigé pendant la guerre et publié dans *Le Petit Parisien* au printemps 1942.

Mariée avec Willy en 1893, elle vécut d'abord sur la rive gauche, rue Jacob, dans un triste appartement sur cour où elle sombra dans la dépression, puis écrivit *Claudine à l'école* sur un coin de table : « Rue Jacob, je ne me souviens pas d'avoir fait autre chose qu'attendre. À qui attend, toute autre occupation est superflue. Vingt ans est un âge où l'on se passe de tout, sauf d'attendre ce qui viendra » (IV, 704).

Ils traversèrent la Seine en 1896 et Colette ne quitta plus jamais la rive droite. Ils emménagèrent rue de Courcelles, derrière la plaine Monceau, dans un atelier d'artiste mal chauffé, puis en haut d'un hôtel particulier où Colette eut sa salle de gymnastique et se consola dans la musculation.

Quand elle quitta Willy, elle prit un pied-à-terre non loin de chez Missy, rue de Villejust, aujourd'hui rue Paul-Valéry, près de la place Victor-Hugo, puis un rez-de-chaussée rue Saint-Senoch, derrière les Ternes, une garçonnière ayant un accès sur la rue. C'était le temps des tournées et Colette négligea ces adresses, dans des quartiers en travaux.

Elle s'installa en octobre 1911 rue Cortambert, près du Trocadéro, dans le « chalet suisse » où vivait Henry de Jouvenel, fragile construction de bois comme il y en avait à Passy et Auteuil au XIXe siècle. Jouvenel y ajouta une salle de bains pour sa femme, habituée de la baignoire.

Une partie du chalet suisse s'effondra sous un orage au cours de la guerre. Colette trouva refuge dans un petit hôtel particulier du boulevard Suchet en novembre 1916, sur le chemin des abattoirs, où elle vécut dix ans, promenant son chien sur les fortifications (aujourd'hui les boulevards extérieurs), jusqu'à sa séparation d'avec Jouvenel.

Elle emménagea en novembre 1926 dans un entresol du Palais-Royal, au 9 de la rue de Beaujolais, appartement « charmant », mais bas de plafond, donnant sur la galerie, et sombre : « [...] J'y ai vécu 4 ans d'obscurité et de lampe jour et nuit », dira-t-elle en le quittant (*LV*, 218). Colette adora son antre du Palais-Royal : « Qui, hors moi, plaida, plaidera pour ces tanières blotties sous les arcades, écrasées entre l'étage noble et la boutique ? » (IV, 724). Mais son médecin lui ordonna de le quitter à cause de ses bronchites chroniques.

Elle choisit de loger dans les cieux, au sixième étage de l'hôtel Claridge, sur les Champs-Élysées, au début de 1931 : « Que ne peux-tu voir ce que j'ai fait, mes meubles aidant, de ce pigeonnier ! Deux pièces, deux balcons, le soleil, un vent de pont de bateau », écrit-elle à une amie (*LHP*, 127). Elle s'y épanouit : « Un écrivain travaille bien à l'hôtel », disait-elle (IV, 731). Mais le Claridge ayant fait faillite, elle dut traverser les Champs-Élysées pour rejoindre au début de 1935 le huitième étage d'un nouvel immeuble, le Marignan, plein de courants d'air.

Or un miracle se produisit. Dans une interview sur « Les déménagements de Colette » dans *Paris-Midi*, en novembre 1937, elle confia qu'elle était à la recherche d'un nouveau logis et rêvait du premier étage du Palais-Royal, au-dessus de son ancien entresol : « L'article est tombé sous les yeux de celui qui habitait MON appartement ! Il m'a écrit aussitôt ! "Madame, nous déménageons ; cet appartement est à vous" » (*LPC*, 35).

Ainsi fut fait. Elle y emménagea au début de 1938 et, après une bonne douzaine de déménagements, ce fut son dernier domicile, par une sorte de retour aux sources : « Oui, j'ai trouvé dans Paris encore une province », car Paris, après tout, ce ne sont jamais que des petites provinces juxtaposées :

> Je n'ai guère de chemin à faire pour gagner de chez moi le « carreau ». En juin, au soleil levé, la fraise y croule, la rose déferle, la groseille en grappes porte un défi à l'adonide goutte de sang, le delphinium bleu mire le ciel. La moindre touche bleue, dans la pénombre, est une pervenche céleste. Un corsage vert flambe, au contact d'un monceau orange de soucis, le gosier des glaïeuls est de feu. Tumulte de couleurs, tumulte de cris. Les Halles et la Bourse sont les deux seuls parvis

où l'on dialogue à pleine voix, avec une violence méridionale[1].

Colette fut longtemps un piéton de Paris, comme son ami Léon-Paul Fargue, mais elle fut aussi familière d'un autre Paris, celui des plaisirs et des dangers de la nuit, dont elle se fit l'ethnographe dans *Le Pur et l'Impur*: « [...] de l'autre côté de la vitre apparaît un lé[2] de Paris mouvant et silencieux, un vol de mouches de feu sur un lac d'asphalte » (III, 567).

---

1. *Paris*, lithographies originales de Reine Cimière, 1938; *Cahiers Colette*, n° 12, 1990, p. 14-18.
2. Une ouverture de la largeur d'un pan de tissu.

15

Le Pacha

Henry de Jouvenel, 1 mètre 80, était un bel homme et un grand animal politique. C'est lui que Colette décrit dans *L'Entrave*, où elle transpose en 1913 leur coup de foudre de 1911 :

> Mon regard vise et atteint tout ce qui pèche dans un beau visage d'homme comme celui-ci : les pommettes trop hautes, trop larges pour le menton fin, un peu kalmoukes, la racine du nez taurine, et, à la lisière d'une chevelure à peu près noire, abondante, je distingue facilement aujourd'hui le bleu d'une étroite marge rasée, la trace d'un déboisement discret qui agrandit et ennoblit quotidiennement le front… Le reste, je l'effleure, je tourne autour, en évitant la bouche, épaisse mais aux coins subtils, et les yeux, plus brillants que les miens parce qu'ils sont plus humides. À cause de l'oreille petite, mais ronde, et des incisives d'en bas raccourcies, comme limées, je diagnostique : « Dégénérescence ! » tout en enviant à ce « dégénéré » ses belles narines pâles, sans rougeur ni points noirs, dont les ailes se soudent au visage par une

ciselure profonde et bien achevée. [...] D'une main brusque, il fait claquer le fermoir de son étui à cigarettes, comme s'il entendait mettre fin à notre mutuel examen critique (II, 383-384).

Cette attirance subite et violente se déclara peu après l'arrivée de Colette au *Matin*, à la fin de 1910. Jouvenel en était l'un des deux rédacteurs en chef, qui alternaient tous les quinze jours. Il avait trois ans de moins qu'elle. Ce fut entre eux un amour fou, voluptueux. Au printemps 1911, séjournant à la villa Rozven avec Missy, elle demande à Georges Wague de lui trouver un prétexte pour rentrer à Paris (*LV*, 52). Le premier rendez-vous de Colette et Jouvenel au château d'Ouchy, près de Lausanne, le 1er juillet 1911, figure dans *L'Entrave*.

Étrange couple que celui de la saltimbanque qu'était Colette en 1911, écrivain mais aussi artiste de music-hall, compagne notoire de Missy, et d'un patron de presse, grand journaliste et politicien républicain, qui avait la réputation de faire et défaire les ministères : « Jouvenel, figure fine, moustaches fines [...]. Il dirige *Le Matin*, presque toute la France, une partie du monde », signalait Jules Renard dans son *Journal* le 28 mars 1907.

Entre eux, c'est le choc de deux mondes, mais un même anticonformisme inspire leur mode de vie : Jouvenel, divorcé de Claire Boas, est l'amant de Mme Maurice Pillet-Will, née Isabelle de Comminges ; chacune lui a donné un fils, Bertrand et Renaud de Jouvenel. Dreyfusard, indépendant des partis, Jouvenel est un seigneur, un bretteur, un chasseur. Homme d'action et homme de plume, il a été chef de cabinet du ministre de la Justice dans le gouvernement Combes et directeur de cabinet du ministre du Commerce dans le deuxième cabinet Rouvier, avant de diriger le *Matin*.

Les débuts de leur liaison furent compliqués. Isabelle de Comminges, dite « la Panthère », menaçait de tuer Colette, qui dut s'entourer de gardes du corps « revolver au poing » (*LV*, 55-58), tandis que Missy se résignait, quittait leur villa Rozven pour en acheter une autre non loin de là. Mais, entre Jouvenel et Colette, l'entente sexuelle fut, semble-t-il, une révélation : « Et puis, qui te dit que je néglige la culture physique ? » écrit-elle en août 1911 à Christiane Mendelys, la femme de Georges Wague : « J'ai une nouvelle méthode, voilà tout. La méthode Sidi. Excellente. Pas de cours publics. Leçons particulières – bougrement particulières » (*LV*, 59-60). Sidi, c'est Jouvenel, qui a le teint foncé et qu'elle surnomme aussi le Pacha ou la Sultane, à cause de sa peau douce, ou encore Chérie, comme elle appelait Willy, la Doucette.

Suivirent plusieurs années heureuses, leur mariage en décembre 1912 après une liaison d'un an, puis la naissance de la petite Colette en juillet 1913. La mobilisation de Jouvenel en août 1914 désorienta Colette, qui le rejoignit à Verdun dès décembre, puis de nouveau en mai 1915. En 1916 et 1917, ils se retrouvent en Italie, où Jouvenel, ayant reçu une affectation civile, est le délégué de la France à la commission de la Triple Entente.

Mais Jouvenel, comme Willy, était un homme volage, un de ces don Juan dont Colette décrira les mœurs dans *Le Pur et l'Impur*. En 1919, il est l'amant de la couturière Germaine Patat, ensuite de la princesse Marthe Bibesco. Colette devient un obstacle à sa carrière politique. Il n'aurait pas été nommé ambassadeur à Berlin parce qu'un journal avait publié un cliché de sa femme sur une scène de music-hall accompagné de ce titre : « La future ambassadrice des Français » (*PB*, 275). Élu sénateur de la Corrèze en 1921, il est délégué à la Société des nations en 1923, ministre de l'Instruction publique en 1924, haut-commissaire en Syrie en 1925, mais Colette n'accompagne pas ses ambitions, s'absente lors des déjeuners politiques et des visites officielles, comme celle de Poincaré, président du Conseil, à Tulle en 1923 (IV, 932 ; *LV*, 167).

Elle a maintenant une liaison avec Bertrand de

Jouvenel, le fils du premier mariage de son mari. La rupture entre Jouvenel et Colette a lieu en octobre 1923 : « Je l'attends d'une heure à l'autre, d'un jour à l'autre, d'une semaine à l'autre », écrit Colette à Marguerite Moreno (*LMM*, 74) ; et à la femme de Georges Wague : « Je suis seule depuis un mois. Il est parti sans un mot pendant que je faisais une tournée de conférences. Je divorce » (*LV*, 171). Leur divorce sera prononcé en avril 1925, date où s'interrompt aussi la liaison de Colette avec Bertrand de Jouvenel.

Jouvenel sera encore ambassadeur en Italie en 1932 et mourra d'une attaque en 1935, mais Colette, qui, comme avec Willy, lui était restée longtemps attachée malgré leurs infidélités mutuelles, ne l'avait plus vu depuis leur séparation, et, comme avec Willy encore, elle se vengea plus tard, dans un roman, *Julie de Carneilhan*.

16

La journaliste

Dans *Mes apprentissages*, Colette raconte comment Catulle Mendès lui fit comprendre le premier qu'elle était un écrivain, peu après 1900, devant le succès des *Claudine* :

> M. Willy sortit un instant de la pièce et Catulle me parla avec brusquerie :
>
> « C'est vous, n'est-ce pas, l'auteur des *Claudine*... Mais non, mais non, je ne vous pose pas de questions, n'exagérez pas votre embarras... Dans... je ne sais pas, moi... Dans vingt ans, trente ans, cela se saura. Alors vous verrez ce que c'est que d'avoir, en littérature, créé un type. Vous ne vous rendez pas compte. Une force, certainement, oh ! certainement ! Mais aussi une sorte de châtiment, une faute qui vous suit, qui vous colle à la peau, une récompense insupportable, qu'on vomit... Vous n'y échapperez pas, vous avez créé un type. » Là-dessus M. Willy rentra, et légèrement Catulle retomba d'aplomb, bavard (III, 1013).

Colette lançait plus brièvement dans *La Naissance du jour* : « “Vous ne mesurerez que plus tard”, me disait Mendès peu avant sa mort, “la force du type littéraire que vous avez créé” » (III, 316).

Par la suite, elle passa sa vie à se défendre : elle n'était pas un écrivain, elle n'aimait pas la littérature ; si elle écrivait, c'était pour gagner sa vie, pour s'assurer des revenus. C'est pourquoi elle aima tant le journalisme. Les deux frères aînés de Sido avaient été d'importants journalistes en Belgique, et le capitaine était un lecteur avide de la presse. Colette avait l'encre du journal dans le sang : elle fut « une grande journaliste égarée dans le roman », dira avec perfidie Jean Paulhan à sa mort (*CJ*, 14). Dès 1895, elle collabore à *La Cocarde*, dirigée par Maurice Barrès ; les premiers *Dialogues de bêtes* et *Les Vrilles de la vigne* parurent d'abord dans *Le Mercure musical*, le *Mercure de France* et *La Vie parisienne* entre 1905 et 1908. Mais c'est avant tout la longue collaboration de Colette au *Matin* à partir de 1910, à la fois aux « Contes des mille et un matins » et comme grand reporter, qui fit d'elle un « grand journaliste ».

Sido la mit alors en garde : « Tu prends un engagement bien lourd avec *Le Matin*. C'est la fin des œuvres littéraires, des romans. Rien n'use les écrivains comme le journalisme » (*LC*, 397). Colette racontera son recrutement dans *L'Étoile*

Vesper, l'hostilité du second rédacteur en chef qui alternait avec Jouvenel : « Moi ! Moi, connaître cette… cette saltimbanque, cette… » (IV, 791). Mais *Le Matin* tirait à près d'un million d'exemplaires, et Colette était un écrivain reconnu et une femme célèbre.

Au *Matin*, elle fut aussi critique dramatique et directeur littéraire après la guerre et jusqu'à sa séparation d'avec Jouvenel, cause de son départ du quotidien. Les bêtes et le music-hall furent d'abord ses sujets réservés, mais elle s'en affranchit vite, et de nombreux volumes recueillirent ses articles, tels *L'Envers du music-hall*, *Les Heures longues*, sur la guerre, *Dans la foule*, rassemblant ses reportages, mais aussi *La Maison de Claudine* et *Le Blé en herbe*, plus personnels et littéraires.

Colette introduisit dans le journalisme un style nouveau, un style bien à elle, illustré justement par l'article « Dans la foule… ». C'est un reportage vu d'en bas, non pas du côté des acteurs de l'événement, mais mêlé à la foule anonyme des spectateurs qui n'y comprennent rien. Colette assiste ce jour-là à l'assaut donné par la police au garage où Bonnot fut abattu le 28 avril 1912 :

> … Il y a quelque chose là-bas… C'est plus loin que la foule, arrêtée par un barrage d'agents et de gardes de Paris, et qui se répand en ruisseaux inégaux sur les bas-côtés de la route, qui stagne en

longues flaques noires... C'est derrière la poussière siliceuse et lourde qui vole comme l'écume des vagues... Il y a quelque chose là-bas, à droite de la grande route, quelque chose que tout le monde regarde et que personne ne voit...

Je viens d'arriver. J'ai déployé tour à tour, pour me pousser au premier rang, la brutalité d'une acheteuse de grands magasins aux jours de solde et la gentillesse flagorneuse des créatures faibles : « Monsieur, laissez-moi passer... Oh ! monsieur, on m'étouffe... Monsieur, vous qui avez la chance d'être si grand... » On m'a laissée parvenir au premier rang parce qu'il n'y a presque pas de femmes dans cette foule. Je touche les épaules bleues d'un agent – un des piliers du barrage – et je prétends encore aller plus loin : « Monsieur l'agent... »

« On ne passe pas !

— Mais ceux-là qui courent, tenez, vous les laissez bien passer !

— Ceux-là, c'est ces messieurs de la presse. Et puis c'est des hommes. Même si vous seriez de la presse, tout ce qui porte une jupe doit rester ici tranquille.

— Voulez-vous mon pantalon, madame ? » suggère une voix faubourienne.

On rit très haut. Je me tais (II, 610).

Colette laissait la politique aux hommes, à Jouvenel (après tout, les femmes ne votaient pas), et elle ne se sentait pas à sa place dans la salle de rédaction : « L'éloignement que m'inspira toujours la politique se lisait-il sur mon visage, qu'en ma présence la chaleur vindicative des discussions s'apaisât ou même s'éteignît ? On me montrait une indulgence, une gentillesse telles, que l'on n'eût pas fait mieux pour l'idiote du village », dira-t-elle dans *L'Étoile Vesper*, réflexion qui peut avoir l'air d'une protestation féministe (IV, 794).

Dans la presse, elle traitera de plus en plus de la vie quotidienne, des femmes, des enfants, des animaux, de la nature, s'adressant aux gens simples : « … la plupart du temps, c'est l'ordinaire qui me pique et me vivifie », reconnaît-elle dans *Le Fanal bleu* (IV, 966). Innombrables sont les titres de presse auxquels elle collabora après *Le Matin*, tels *Le Figaro*, *Le Journal*, *Vogue*, *Paris-Soir*, jusqu'aux superbes numéros de *Marie-Claire* qu'elle dirigea en 1939 et 1940, se laissant peu à peu cantonner aux pages pour les dames. Beaucoup plus de mille articles en cinquante ans, sans compter ceux que Willy signa à sa place au début.

17

« J'aime être gourmande »

L'œuvre de Colette est pleine de notations sur le goût, presque aussi important chez elle que l'odorat, le « plus aristocratique de nos sens » (*Le Pur et l'Impur*, III, 585). Dans *Claudine à l'école*, les filles portent tout à la bouche, découvrent le monde par son goût. Ainsi, la grande Anaïs « croqu[e] du fusain et de la gomme à effacer » :

> On a beau lui interdire ces nourritures extravagantes, tout le long du jour elle a les poches et la bouche pleines de bois de crayons, de gomme noire et infecte, de fusain et de papier buvard rose. La craie, la plombagine, tout ça bourre son estomac de façon bizarre [...]. Au moins, moi, je ne mange que du papier à cigarette, et encore d'une certaine marque. Mais la grande Anaïs ruine la commune qui nous donne la papeterie scolaire, en demandant des « fournitures » nouvelles toutes les semaines, si bien qu'au moment de la rentrée, le conseil municipal a fait une réclamation (I, 22).

Dans *Sido*, Colette évoque « les larges pains à cacheter blancs que je mangeais à poignées » (III, 516), et elle y reviendra bien plus tard, dans « La Cire verte », où elle décrit la manie du capitaine pour les « fournitures de bureau », comme la « colle à bouche » et « les pains à cacheter multicolores (je mangeais les blancs) » (IV, 385). Elle appréciait aussi la cire des bougies et grattait « pour les manger, au long des chandelles, les "coulures" en forme de longues larmes » (*Sido*, III, 542). Ce malin plaisir de la bouche, Colette le conserva toujours. Dans *La Maison de Claudine*, il est question de « la graisse fine qui demeure au creux du petit sabot fourchu, lorsque le feu fait éclater les pieds du cochon mort, je la mange comme une friandise saine… » (II, 975).

Elle revendiquait hautement les plaisirs de bouche, par exemple dans « Moi, je suis gourmande » (*Vu*, 10 avril 1935) :

> […] ma gourmandise remonte à des origines rustiques, car c'était une tourte de pain bis de douze livres, à grosse écorce, la mie d'un gris de lin, serrée, égale, fleurant le seigle frais, et une motte de beurre battu de la veille au soir, qui pleurait encore son petit-lait sous le couteau, du beurre périssable, point centrifugé, du beurre pressé à la main, rance deux jours après, aussi parfumé, aussi éphémère qu'une fleur, du beurre de luxe… (*À portée de la main*, *OCF*, XIV, 413).

Colette n'est pas friande « de perdreaux farcis, de foie gras et soles déguisées », mais plutôt d'« andouillette et d[e] gras-double » (*LV*, 167).

Son camarade de l'atelier de Willy, Maurice Sailland, devenu Curnonsky, « le prince des gastronomes », rappelle, dans un « Colette à table », comment un camembert la guérit. Elle le lui raconta à l'époque de la rue Jacob :

> « À l'âge de cinq ans, je tombai très malade, avec une fièvre élevée. On m'apporta du lait, du bouillon de légumes, quelques fruits. Je refusai le tout en disant : "Je veux du camembert, je veux du camembert."
>
> Quelques instants plus tard, le médecin arrivait pour sa visite quotidienne. Il s'arrêta brusquement sur le seuil de ma petite chambre. Ses yeux devinrent aussi brillants que les miens, mais pour une autre raison : la petite fille malade qu'il avait mise, la veille, à la diète hydrique, était en train d'étaler sur un rectangle de pain un triangle de camembert... [1]. »

L'anecdote figurait déjà dans un article sur les « Fromages » dans la *Gazette Dunlop* en 1935 (« Gastronomie », *PP*, 172).

Elle aimait les mets lourds, qui lui firent prendre du poids dans les années 1920 et 1930 : « Quel ancêtre me légua, à travers des parents si

1. *Souvenirs littéraires et gastronomiques*, Albin Michel, 1958, p. 297.

frugaux, cette sorte de religion du lapin sauté, du gigot à l'ail, de l'œuf mollet au vin rouge [...] ? » demande-t-elle dans *La Maison de Claudine* (II, 1010). De Castel Novel, la propriété de Jouvenel en Corrèze, elle écrit à Marguerite Moreno en 1921 : « [...] je mange, à chaque repas six gousses d'ail. J'en mange six parce qu'on ne m'en donne que six. [...] Il y a beaucoup de fruits, de la crème, du lait caillé, et à 4 heures lait mousseux tout chaud » (*LMM*, 57). Au moment de se séparer de Jouvenel, à l'automne 1923, elle se délecte de « délicates et minuscules figues » achetées au marché de Brive, puis, en tournée de conférences à Marseille, elle « lutte contre tout par un appétit méthodique qui s'adresse surtout aux fruits de mer » (*LMM*, 74, 77).

L'aliment l'inspire, tel ce « gigot grésillant dans son plat de terre brune », lorsqu'elle reçoit à déjeuner les amis politiques de Jouvenel boulevard Suchet (IV, 932) ; une confiserie aperçue dans une vitrine de Cannes en 1933, « lestée d'une prodigieuse cargaison de fruits confits – ananas d'ambre transparent, poires d'albâtre rosé, pêches emperlées de sirop encore moite, figues... de jade... » (*PB*, 329-330) ; ou la truffe dont elle fait l'éloge dans *Vogue* en 1928 :

> Foin des lamelles, des hachis, des rognures, des pelures de truffe ! Ne saurait-on l'aimer pour elle-même ? Si vous l'aimez, payez sa rançon royalement – ou écartez-vous d'elle. Mais l'ayant achetée, mangez-la seule, embaumée, grenue, mangez-la comme un légume qu'elle est, chaude, servie à fastueuses portions. Elle ne vous donnera pas, une fois étrillée, grand-peine ; sa souveraine saveur dédaigne les complications et les complicités (« Rites », *Prisons et paradis*, III, 732).

Ou encore de nombreuses célébrations des fromages et des vins (III, 691 ; *PP*, 172-174), et jusqu'à cette délicieuse confession dans *Marie-Claire* en janvier 1939, « J'aime être gourmande », où Colette exerce toute sa verve culinaire et poétique.

Elle appréciait la cuisine familiale et rustique, celle de sa Bourgogne natale ou de la Provence paternelle, mais elle eut la révélation de la cuisine marocaine lors de ses voyages et l'une de ses plus belles pages gastronomiques décrit un déjeuner de tajines à Marrakech en 1929, avec « le mouton et le mouton, bissé, trissé, le mouton et sa farce au fenouil, le mouton et le cumin et la courgette, le mouton et vingt épices, et un divertissement exquis de galettes feuilletées à la limite du feuilletage, micacées, qui cachaient un noyau douillet de volaille en hachis, sucré, rehaussé de muscade… » (*Prisons et paradis*, III, 773).

Les jouissances gustatives de Colette sont multiples, mais j'ai gardé pour la bonne bouche le petit déjeuner d'Alain, le héros régressif de *La Chatte*, et le plaisir qu'il prend à « aveugler de beurre tous les "yeux" du pain », comme un retour à ses quatre ans (III, 821).

18

Flore et Pomone

Ma mère rejetait son chapeau en arrière, mordillait la chaîne de son lorgnon, m'interrogeait avec ingénuité :

« Je suis bien ennuyée... Je ne sais plus si c'est une famille de bulbes de crocus, que j'ai enterrés, ou bien une chrysalide de paon-de-nuit...

— Il n'y a qu'à gratter, pour voir... »

Une main preste arrêtait la mienne – que n'a-t-on moulé, peint, ciselé cette main de « Sido », brunie, tôt gravée de rides par les travaux ménagers, le jardinage, l'eau froide et le soleil, ses doigts longs bien façonnés en pointe, ses beaux ongles ovales et bombés...

« À aucun prix ! Si c'est la chrysalide, elle mourra au contact de l'air ; si c'est le crocus, la lumière flétrira son petit rejet blanc, et tout sera à recommencer ! Tu m'entends bien ? Tu n'y toucheras pas ?

— Non, maman... » (*Sido*, III, 506-507).

C'est encore à sa mère, à Sido, que Colette doit sa familiarité avec les plantes comme avec les bêtes.

Sido avait la main verte, cette main que Colette vient de décrire, abîmée par les travaux de ménage, mais c'était aussi une femme cultivée qui transmit à sa fille le plaisir de la botanique, la jouissance des noms de plantes. Parmi les livres précieux de Colette, auprès des *Souvenirs entomologiques* de Fabre (*Chambre d'hôtel*, IV, 53), il y avait les quatre volumes de l'*Album de pomologie* de Bivort (III, 1016), traité d'arboriculture et surtout « livre inépuisable d'images » qui lui venait de Sido et qu'elle transporta dans tous ses déménagements avec les *Œuvres complètes* de Balzac (*De ma fenêtre*, IV, 651).

Aux appellations savantes de la botanique, Colette préfère cependant les noms poétiques, comme celui-ci, qui revient souvent sous sa plume depuis que, dans *Claudine à Paris*, Mélie, la petite domestique que son père a fait venir de Montigny, lui donne des nouvelles de la maison : « Le grand rosier cuisse-de-nymphe est déjà perdu de chenilles » (I, 330). Dans *Claudine en ménage* : « C'est le grand rosier cuisse-de-nymphe qui m'encense... » (I, 512).

Ce rosier-là, symbole de Montigny ou de Saint-Sauveur, on le retrouve dans *Sido*, à l'une des pages les plus emblématiques des bizarreries de la mère de Colette, qui refusait de donner de ses fleurs pour parer un cercueil ou une tombe lors de l'enterrement d'un villageois : « Non. Personne n'a condamné mes roses à mourir en même temps que M. Enfert », mais qui « sacrifiait volontiers une très belle fleur à un enfant [...] encore sans parole », comme le nourrisson d'une voisine :

> Elle lui donna une rose cuisse-de-nymphe-émue qu'il accepta avec emportement, qu'il porta à sa bouche et suça, puis il pétrit la fleur dans ses puissantes petites mains, lui arracha des pétales, rebordés et sanguins à l'image de ses propres lèvres...
>
> « Attends, vilain ! » dit sa jeune mère.
>
> Mais la mienne applaudissait, des yeux et de la voix, au massacre de la rose, et je me taisais, jalouse... (III, 508).

Colette composa son délicieux *Pour un herbier* après la Seconde Guerre, quand un éditeur de Lausanne décida de lui envoyer, une ou deux fois par semaine, des bouquets de fleurs afin qu'elle en trace le portrait. Ni classification didactique, ni description systématique, ni taxinomie, *Pour un herbier* est une « divagation modeste », capricieuse. La première fleur célébrée est la rose. Aux noms de vieux généraux et de grands industriels dont les botanistes les affublent à Bagatelle et que Colette « oublie incontinent », elle préfère ceux de son enfance : « [...] ma religion te baptise mieux, Rose, toi que j'appelle en secret Péché pourpre, Abricotine, Neige, Fée, Beauté noire, toi qui soutiens glorieusement l'hommage d'un nom bien païen : la Cuisse-de-nymphe-émue ! » (IV, 886).

Comment ne pas citer l'ouverture de *Sido*, cette lettre mémorable par laquelle Sido refuse l'invitation de Jouvenel à leur rendre visite à Paris : « Voici pourquoi : mon cactus rose va probablement fleurir. C'est une plante très rare, que l'on m'a donnée, et qui, m'a-t-on dit, ne fleurit sous nos climats que tous les quatre ans. Or, je suis déjà une très vieille femme, et, si je m'absentais pendant que mon cactus rose va fleurir, je suis certaine de ne pas le voir refleurir une autre fois… » (III, 277). Lettre merveilleuse, mais factice, récrite par Colette, car Sido avait accepté de venir à Paris, mais dut renoncer à cause de sa mauvaise santé :

> […] j'abandonne pour quelques jours des êtres qui n'ont que moi sur qui compter : la Minne, qui m'a donné toute sa confiance et sa tendresse, un sédum qui est près de fleurir et qui est magnifique ; un gloxinia dont le calice largement ouvert me laisse à loisir surveiller la fécondation.
>
> Tout cela va souffrir sans moi mais ma bru me promet de veiller. Elle le fera certainement trop contente d'être débarrassée de sa belle-mère pour quelques jours (*LC*, 473).

Colette avait inventé la mémoire involontaire avant Proust, dans l'odeur du bouquet de violettes que le père de Claudine apporte à sa fille dans

Claudine à Paris alors qu'elle est malade. Ce bouquet lui donne la nostalgie de sa campagne, qui ressuscite en entier :

> L'odeur des fleurs vivantes, leur toucher frais, ont tiré d'un coup brusque le rideau d'oubli que ma fièvre avait tendu devant le Montigny quitté… J'ai revu les bois transparents et sans feuilles, les routes bordées de prunelles bleues flétries et de gratte-culs gelés, et le village en gradins, et la tour au lierre sombre qui seule demeure verte, et l'école blanche sous un soleil doux et sans reflet ; j'ai respiré l'odeur musquée et pourrie des feuilles mortes, et aussi l'atmosphère viciée d'encre, de papier et de sabots mouillés, dans la classe (I, 231).

L'odorat, le toucher, le goût, et bien sûr le regard, pas d'écrivain plus sensuel que Colette.

19

Au cinéma

Colette fut parmi les tout premiers écrivains français, sinon le premier, à s'intéresser au septième art. Cette curiosité précoce s'explique par l'affinité qui lie le cinéma, alors muet, à la pantomime. Dès 1907, Georges Wague et Colette entrent en relation avec Léon Gaumont pour lui soumettre des projets qui ne semblent pas avoir abouti, mais qui attestent leur perspicacité.

En 1912, lors de la revue *Ça grise* au Ba-Ta-Clan, Colette se lie d'amitié avec Musidora (Jeanne Roques), qui deviendra l'actrice préférée de Louis Feuillade. Celle-ci interprète en 1914 Irma Vep dans *Les Vampires*, série de dix films qui font d'elle l'archétype de la « vamp », puis elle revient dans les douze épisodes de *Judex* en 1916.

Le Matin publie les premiers articles de Colette sur le cinéma au printemps 1914. Elle s'y montre particulièrement attentive au jeu des acteurs. En août 1916, elle rend compte dans *Excelsior* du film de Cecil B. DeMille *The Cheat* (1915), *Forfaiture* en français, qui rencontre un vif succès à Paris, avec le grand acteur japonais du cinéma muet, Sessue Hayakawa. Colette fut la seule à percevoir la nouveauté du film, à signaler les « progrès cinématographiques réalisés là-bas », c'est-à-dire outre-Atlantique, à une date où la production américaine n'avait nulle avance sur Pathé ou Gaumont en Europe. « Une mimique spéciale, le secret de marcher sur l'écran, de danser pour l'écran, tout cela va s'imposer à des classes de jeunes élèves », observait Colette (*CC*, 37).

> Je leur offre, comme premier modèle, cet artiste asiatique dont la puissante immobilité sait tout dire. Que nos aspirants cinéistes aillent voir comment, lorsque son visage se tait, sa main poursuit la pensée commencée. Qu'ils apprennent ce qui tient de menace et de mépris dans un mouvement de son sourcil, et, à l'instant de la blessure, comment il feint que sa vie s'écoule avec son sang, sans secousse, sans grimace convulsive, rien que par la pétrification progressive de son masque de Bouddah et le ternissement extatique de son regard (*CC*, 37-38).

Colette, avec l'aide de Jouvenel, vient d'obtenir en janvier 1916 pour Wague une classe de pantomime au Conservatoire.

Les choses vont vite : un scénario est tiré des

deux premières *Claudine* en 1916, tandis que le tournage de *Minne*, d'après *L'Ingénue libertine* dans une adaptation de Jacques de Baroncelli, a lieu avec Musidora en novembre. Colette se rend ensuite à Rome en 1917, où sera réalisée une première version de *La Vagabonde*, de nouveau avec Musidora. « Le reportage journalistique et le cinéma s'en mêlant, – sous la forme, pour ce dernier, d'un scénario de film que m'acheta une compagnie italienne, – j'eus la chance de passer à Rome quatre mois », rappellera-t-elle dans *Flore et Pomone* (IV, 540). Le tournage eut lieu en avril et mai, et le film sortit en mars 1918. Nous n'avons malheureusement rien conservé de ces premières adaptations des romans de Colette, mais elle ne semblait pas enthousiaste : « Je n'ai aucun sujet de mécontentement, – me fais-je bien comprendre ? Chacun fait de son mieux, et personne ne rouspète. [...] On tourne, on tourne », écrit-elle à Marguerite Moreno (*PB*, 230).

Colette collabore en 1917 à deux revues de cinéma, *Le Film* et *Filma*, qui publient son article le mieux connu, « L'envers du cinéma », comme elle avait exploré *L'Envers du music-hall*, où elle raconte le tournage romain, la chaleur irrespirable des studios sous une verrière, l'emploi du temps de la vedette, des petits rôles, des figurants. Colette compare avec l'atmosphère des tournées :

> Un bout de dialogue, entre deux actrices de *cinéma*, me revient :
>
> — Ça ne vaut pas le théâtre, et on s'éreinte, disait l'une.
>
> — Ça se peut, répondit l'autre. Seulement, au *ciné* on se voit… (*PP*, 204).

Dès 1918, Colette publia dans *Excelsior* un « Petit manuel de l'aspirant scénariste », judicieuse satire du film « sensationnel », déjà commercial, de ses procédés et de ses conventions, avec la femme fatale, le jeune premier. Bien avant Roland Barthes, c'est une « petite mythologie » du cinéma dont Colette connaît tous les côtés, l'endroit, l'envers et les dessous, comme scénariste et aussi comme critique :

> 1° la femme fatale est presque toujours décolletée ; 2° elle est souvent armée d'une seringue de Pravaz ou d'un flacon d'éther ; 3° elle tourne sinueusement son col de serpent vers le spectateur ; 4° et plus rarement, nous ayant montré d'abord des yeux d'une grande étendue, elle les voile lentement de molles paupières, et, avant de disparaître, dans les brumes du « fondu », elle risque le geste le plus osé qu'on puisse se permettre sur l'écran… Je veux dire qu'elle se mord, d'une manière lente et coupable, la lèvre inférieure (*La Chambre éclairée*, 1921, II, 942).

1916-1918, c'est l'époque où Colette se situe à l'avant-garde du cinéma. Par la suite, elle soustitra un film allemand en 1932 et un américain en 1933, « pour faire un peu d'argent en plus », dira-t-elle (*LHP*, 149, 159) ; elle devient aussi dialoguiste pour Marc Allégret (*Lac aux Dames*, 1933, d'après le roman de Vicki Baum), et scénariste de *Divine* (1934), inspiré de *L'Envers du music-hall* et réalisé par Max Ophüls, avec Simone Berriau, mais ce ne fut pas une réussite.

Plusieurs romans de Colette furent adaptés à l'écran : une seconde *Vagabonde* en 1931 par Solange Bussi, qui prit sa fille Colette de Jouvenel comme assistante, ne semble pas lui avoir plu (*PB*, 302, 319) ; un *Chéri*, une *Gigi*, une *Minne*, entre 1948 et 1950. Mais comment oublier *Le Blé en herbe* de Claude Autant-Lara en 1953, avec Edwige Feuillère et Pierre-Michel Beck, peu avant la mort de Colette, qui ne put assister à la première et enregistra un message, et la *Gigi* de Vincente Minnelli en 1958, avec Louis Jourdan, Leslie Caron et Maurice Chevalier, qui consacra Colette à Hollywood. *Le Blé en herbe* et *Gigi*, à ne pas manquer !

20

Féministe ?

Peu de femmes furent aussi libres que Colette, de leur corps, de leur sexualité, de leur plume. Elle fit mille métiers pour assurer son indépendance. Mais dans un moment de soumission à un homme qui se laisse servir par elle, Renée Néré, porte-parole de l'écrivain, s'écrie dans *La Vagabonde* : « Femelle j'étais, et femelle je me retrouve, pour en souffrir et pour en jouir... » (I, 1184).

À l'époque, elle répond à un journaliste qui lui demande si elle est féministe : « Ah ! non ! Les suffragettes me dégoûtent. Et si quelques femmes en France s'avisent de les imiter, j'espère qu'on leur fera comprendre que ces mœurs-là n'ont pas cours en France. Savez-vous ce qu'elles méritent, les suffragettes ? Le fouet et le harem... » (Maurice Dekobra, *Paris-Théâtre*, 22 janvier 1910 ; II, x).

En 1927, Walter Benjamin, pour une enquête de la revue de Berlin *Die literarische Welt*, lui pose cette question : « La femme doit-elle participer à la vie politique ? » Colette se déclare contre, et ses raisons surprennent son interlocuteur : elle connaît beaucoup de femmes, dit-elle, « qui seraient aussi capables qu'un homme de siéger dans une commission ou un jury. Seulement elles ont [...] deux ou trois jours par mois au cours desquels elles sont irritables, colériques, imprévisibles. Or ces jours-là, les affaires publiques poursuivent leur cours » (L'Herne, 205). Dans les lettres de Colette à ses amies, il est souvent question de « Pauline », petit nom que ces dames donnaient à leurs indispositions régulières.

Colette, qui n'avait pas la tête politique, épousa un républicain dreyfusard après un nationaliste antidreyfusard. « Lorsque vers quarante-cinq ans une femme n'a pas mordu à la politique, il n'y a guère de chances pour que l'appétit, plus tard, lui en vienne », confie-t-elle à la fin de sa vie (*Trait pour trait*, IV, 932).

Certains de ses comportements paraissent traditionnels. Trompée par Willy et Jouvenel, elle se débrouille pour devenir l'amie de presque toutes ses rivales, à commencer par Lotte Kinceler, chez qui, peu après son mariage, avertie par une lettre anonyme, elle trouva Willy. Cela se répète avec Meg Villars, à qui elle dédia « Toby-Chien parle », cri de liberté recueilli dans *Les Vrilles de la Vigne*. Plus tard, la couturière Germaine Patat, maîtresse de Jouvenel à la fin de la guerre, devient l'une de ses amies intimes, qu'elle appelle « mon enfant » dans ses dédicaces.

Colette écrira tout un roman, *La Seconde* (1929), sur la solidarité paradoxale qui unit la femme et la maîtresse d'un auteur dramatique à succès, homme fuyant, indécis, comme tous ses personnages masculins. Faire des amies des maîtresses de ses maris, est-ce une manière d'affirmer sa supériorité, de définir le couple moderne comme ménage de camarades ? Ou bien, comme le juge Benjamin Crémieux en rendant compte du roman, est-ce accepter le « retour au harem » et faire figure de « conservatrice » (II, 1425) ?

Dans *L'Entrave* (1913), Colette proposait une explication plus terre à terre : « [...] il y a pour une femme, dans le chagrin d'une autre femme, un spectacle souvent poignant, et propre à faire naître la crainte égoïste et frappante qu'on nomme pressentiment. C'est presque toujours elle-même qu'une femme mire dans une douleur féminine : elle pourrait formuler son pressentiment, à peu près, comme le buveur à jeun devant un poivrot vautré : "C'est comme ça que je serai dimanche..." » (II, 350).

Féministe, Colette l'est au sens où, si ses hommes sont tous faibles, presque toutes ses femmes font preuve de leur force, telles Léa dans *Chéri* et Edmée dans *La Fin de Chéri*. Rendant compte en 1912 dans *Le Matin* du procès de Mme Guillotin et de son amant, qui a assassiné son mari, Colette ne peut dissimuler son admiration pour cette dame, « noire et coiffée d'or rutilant », « incarnation de la vaillance féminine », et elle lance ce cri du cœur : « Que c'est solide, une femme ! » (II, 608).

C'est pourquoi Colette fut particulièrement sensible à la libération des femmes durant la Première Guerre. Dans plusieurs des chroniques réunies dans *Les Heures longues*, elle s'attarde sur leurs nouvelles activités et sur leur nouveau langage, au point que leur « militarisation » exaspère leurs hommes pendant leurs permissions (« Modes », II, 507).

En 1918, Colette fait parler un homme pour qui l'appropriation de son gibus par sa femme aura été le geste de trop :

> J'ai assisté sans murmure, j'ai même applaudi à la conquête, par les femmes, de tous les postes civils désertés par le combattant. Vous nous avez pris le guichet, le volant de direction, voire la pioche et le fouet, et la sacoche d'encaisse, et le poinçon emporte-pièce : c'est bien. Vous avez pris l'usine, la machine-outil et le balancier : c'est mieux que bien. Mais du jour où vous vous emparez de notre « cha-

peau de cérémonie », nous sentons en vous les rivales, et nous pouvons crier : « C'en est fait de toi, suprématie masculine !... » (*Excelsior*, 1er janvier 1918 ; *Cahiers Colette*, n° 18, 1996, 83).

Ce sera le thème de *La Fin de Chéri*, l'un des meilleurs romans de Colette. Au retour de la guerre, Chéri comprend que les femmes ont pris le pouvoir, Edmée, sa femme, et sa mère, Mme Peloux :

« À propos, dit-il, la fuite, dans le ciment de la piscine... Il faudrait...

— C'est arrangé. L'homme des mosaïques en pâte de verre est le cousin de Chuche, un de mes blessés. Il ne s'est pas fait appeler deux fois, tu penses.

— Bon. »

Il allait disparaître, il se retourna :

« Dis donc, cette affaire des Ranch, dont nous parlions hier matin, faut-il vendre, faut-il pas vendre ? Si demain matin j'en touchais un mot au père Deutsch ? »

Edmée éclata d'un rire de pensionnaire :

« Penses-tu que je t'ai attendu ! Ce matin ta mère a eu une idée de génie [...]. »

Il se tenait, blanc et nu, sous les plis d'une portière relevée, et regardait attentivement le visage de sa femme.

« Ben... dit-il enfin. Et moi, dans tout ça ? »

Edmée secoua la tête avec malice.

> « Ta procuration marche toujours, mon amour. “Le droit de vendre, acheter, passer bail en mon nom… ”, etc., etc. » (III, 180-181).

Sa dépossession par les femmes ne sera pas pour rien dans son suicide. Mais leur libération, à laquelle Colette œuvra puissamment, n’aboutit pas toujours à ce dénouement, et Colette, si elle ne fut pas une suffragette, fut très en avance sur son temps.

21

Genre

Les questions de genre et même de transgenre font aujourd'hui notre ordinaire ; elles ne surprennent plus comme en 1900 ou en 1930, quand Colette les abordait sans masque, parlait franchement de l'homosexualité et du travestissement.

Dans *Claudine à Paris*, Colette est l'un des premiers écrivains à mettre en scène un jeune homosexuel, Marcel, le fils de Renaud, mari de Claudine. C'est encore une caricature. Colette se justifiera plus tard dans *Mes apprentissages* en disant qu'elle dissimulait ainsi à Willy son désir de jeunes gens moins âgés et moins « bombés » que lui : « Pour ne point faire de ma privation un aveu public, j'ai créé dans *Claudine à Paris* un petit personnage de pédéraste. Moyennant que je les avilissais, j'ai pu louer les traits d'un jeune garçon et m'entretenir, à mots couverts, d'un péril, d'un attrait » (III, 1016).

Colette avouera dans *Le Pur et l'Impur* le plaisir qu'elle trouvait dans la compagnie des jeunes amis d'un « mauvais genre » que Marcel Boulestin, l'un des ouvriers de Willy, lui présentait :

> Dans un temps de ma jeunesse, j'ai fréquenté longuement des homosexuels variés, grâce à l'un des secrétaires-nègres de M. Willy [...], garçon jeune, de bonne famille, gai, malicieux, de qui les mœurs n'étaient même pas équivoques. [...] Il m'offrit sa confiance et m'amena ses amis. Parmi eux, je rajeunissais jusqu'à mon âge véritable. Je riais, rassurée par tant de jeunes hommes inoffensifs. J'apprenais comment s'habille un homme qui s'habille bien, car ils étaient anglais pour la plupart, rigoureux en matière d'élégance, et le même garçon qui portait secrètement sur sa peau un sautoir en turquoises ne se fût permis ni cravates, ni mouchoirs excentriques (III, 629).

Colette pénétra ce Paris que Proust devait décrire sous le nom de Sodome et, avant lui, elle joue sur l'expression « en être » dans *Claudine à Paris* (I, 301, 305). Quand Proust publia *Sodome et Gomorrhe I* en 1921, elle rendit les armes, du moins devant son Sodome, non devant sa Gomorrhe, et le remercia :

> *Personne au monde* n'a écrit des pages comme celles-là sur l'Inverti, personne ! Je vous fais là une louange orgueilleuse, car si j'ai voulu autrefois

> écrire sur l'inverti une chose pour le *Mercure*, c'est *celle-là* que je portais en moi, avec l'incapacité et la paresse de l'en faire sortir ! [...] Qui oserait toucher, après vous, à l'éveil lépidoptérien, végétal, ornithologique, d'un jupien à l'approche d'un charlus ? (*LSP*, 42-43).

Elle s'y attela pourtant dans *Ces plaisirs...*, renommé plus tard *Le Pur et l'Impur*. Le feuilleton, qui commença de paraître dans l'hebdomadaire de droite *Gringoire* en décembre 1931, fut toutefois interrompu après quatre livraisons, non pas à cause du sujet, que *Gringoire* ne dédaignait pas à l'occasion, mais sans doute parce que Colette y peignait Missy sous l'appellation transparente de « la Marquise ».

Là où Colette se montre la plus originale dans *Le Pur et l'Impur*, c'est bien à propos du genre. Missy, sa maîtresse, n'avait pas de doute ; elle aurait voulu être un homme mais savait que cela ne serait pas, par exemple en insistant sur un détail insurmontable : « Ce que les femmes en travesti imitent le plus malaisément, c'est le pas de l'homme. "Elles bombent du genou, et elles ne serrent pas assez les fesses" » (III, 594).

Mais Colette ? Elle relate cet échange avec Damien, le type de l'homme à femmes, du don Juan : « Je n'aime voyager qu'avec des femmes », lui répond-il quand elle lui propose une excursion, et il insiste : « Vous, une femme ? Vous voudriez bien… » (III, 586). Damien la blesse, parce que, dit-elle, « à cette époque-là j'aurais secrètement bien voulu être une femme ». L'important ne réside pas dans « les détail extérieurs, le costume », mais dans ce qu'elle appelle le « véridique hermaphrodisme mental ». Elle qui, enfant, se sentait « une âme extraordinaire d'homme intelligent, de femme amoureuse », comme elle le confie dans *Les Vrilles de la vigne* (« Le Miroir », I, 1032), elle a longtemps hésité entre les genres. Damien la « savait virile par quelque point, dit-elle, que j'étais incapable de situer » (III, 586). Comme la Léa de Chéri, Colette assume et n'assume pas ce « brin de virilité » en elle dont elle parlera dans *L'Étoile Vesper* (IV, 876).

Dans *Le Pur et l'Impur*, la réflexion sur le genre est ce qu'il y a de plus audacieux, par exemple quand Colette reconnaît, avec son amie Marguerite Moreno, que « certaines femmes représentent, pour certains hommes, un danger d'homosexualité » (III, 587), tandis que le travestissement n'est qu'une subversion assez inoffensive : « Que j'étais donc timorée, que j'étais femme sous ma chevelure sacrifiée, quand je singeais le garçon !… » (III, 590). Rien là de plus transgressif que chez cet ami que sa « prédilection […] conduisait aux sergents de ville jeunes et beaux » et qui s'expliquait ainsi : « […] en même temps que je satisfais à ma conception personnelle de l'érotisme, j'ai, quand l'une de ces cariatides me cède, le plaisir anarchique – mettons l'illusion – de saper une des bases de la société… " » (IV, 790).

Homosexualité et travestissement sont de minces transgressions auprès de l'oscillation indéfinie du genre : « La séduction qui émane d'un être au sexe incertain est puissante. […] Anxieux et voilé, jamais nu, l'androgyne erre, s'étonne, mendie tout bas… » (III, 596). Car le neutre est impossible : « Où es-tu, gracieux fils-fille d'Aphrodite et d'Hermès qui dors au Louvre, créature parfaite en somme, que nous promettent nos songes ? Tu n'es nulle part dans la réalité » (IV, 807). En face de l'idéal, le « pêle-mêle vestimentaire » n'est jamais que la tragique « mêlée des deux sexes ».

La vieillesse réglera heureusement toutes ces ambiguïtés : « On a bien du mal à conserver les caractéristiques d'un sexe, passé un certain âge », dit Colette avec la sagesse populaire dans *La Maison de Claudine* (II, 1052).

22

Maternité

Longtemps, la maternité effaroucha Colette. Dans *Claudine à Paris*, la jeune femme se promène au jardin du Luxembourg : « Que d'enfants, que d'enfants ! Est-ce que j'aurai un jour tant d'enfants que ça ? Et quel est le monsieur qui m'inspirera d'en commettre avec lui ? Pouah, pouah ! » (I, 236). Colette est alors mariée à Willy, union fertile en livres seuls.

Dans *La Maison de Claudine*, Sido raconte à Colette sa naissance : « Quand je t'ai mise au monde, toi la dernière, Minet-Chéri, j'ai souffert trois jours et deux nuits. Pendant que je te portais, j'étais grosse comme une tour. Trois jours, ça paraît long... Les bêtes nous font honte, à nous autres femmes qui ne savons plus enfanter joyeusement. » À ce récit, la petite fille s'évanouit. Sa mère tente de la rassurer : « Ce n'est pas si terrible, va, c'est loin d'être si terrible, l'arrivée d'un enfant. Et c'est beaucoup plus beau dans la réalité. La peine qu'on y prend s'oublie si vite, tu verras... » (II, 991-992). Colette mettra longtemps à voir.

Dans *La Vagabonde*, lorsque le riche Maxime parle de mariage et d'enfant, Renée s'évade :

> Un bel enfant... un mari fidèle... Il n'y avait pourtant pas de quoi rire !
>
> J'en suis encore à chercher le motif de ma méchante hilarité... Un bel enfant... j'avoue que je n'y ai jamais pensé. Je n'avais pas le temps, quand j'étais mariée, occupée d'amour d'abord, de jalousie ensuite, accaparée, en un mot, par Taillandy, qui ne se souciait pas, d'ailleurs, d'une progéniture encombrante et coûteuse...
>
> Voici que j'ai passé trente-trois ans, sans avoir envisagé la possibilité d'être mère ! Suis-je un monstre ?... Un bel enfant... Des yeux gris, un museau fin, l'air d'un petit renard, comme sa mère... de grandes mains, de larges épaules, comme Maxime... Eh bien ! non. Je fais tout ce que je peux, – je ne le *vois* pas, je ne l'aime pas, le petit que j'aurais eu, que j'aurai peut-être... (I, 1179).

Dès l'âge de vingt ans, Colette joue pourtant le rôle de mère adoptive auprès de Jacques Gauthier-Villars, le fils de Willy. Plus tard, elle s'occupe des fils d'Henry de Jouvenel. « Tu n'es même pas bonne à faire un enfant ! » lui disait Sido (*MV*, 135). Avant la mort de Sido, c'était la nièce de Colette qui, devant la maladresse de sa tante pour habiller ses poupées, prononçait cette sentence :

« Ah ! Seigneur ! soupire-t-elle, quand on pense que tu n'es même pas bonne à avoir un enfant, à ton âge ! » (*CJ*, 50).

Voulut-elle faire mentir Sido en concevant sa fille dans les semaines qui suivirent la mort de sa mère ? Ou bien, comme certains l'avancent, retenir le volage Jouvenel, qu'elle épousa une fois enceinte ? Il ne semble pas, puisqu'elle écrit dans *L'Étoile Vesper*: « Quand j'étais jeune, si je m'occupais, par exception, à un ouvrage d'aiguille, Sido hochait son front divinateur : "Tu n'auras jamais l'air que d'un garçon qui coud." Ne m'eût-elle pas dit : "Tu ne seras jamais qu'un écrivain qui a fait un enfant." Elle n'aurait pas ignoré, elle, le caractère accidentel de ma maternité » (IV, 876).

Colette mit donc au monde un « enfant tardif » à l'âge de quarante ans. « Tu fais une grossesse d'homme. Une grossesse, il faut que ce soit plus gai que ça », lui reprochait un ami (IV, 871). Elle joua encore la pantomime à Genève entre le cinquième et le sixième mois. Elle a l'« air d'un rat qui traîne un œuf volé », dit-elle, mais elle qualifie aussi sa grossesse de « longue fête » dont elle n'a « rien oublié » (IV, 873). Elle est lancée dans son roman *L'Entrave*, qui paraît en feuilleton, mais « [l]'enfant manifesta qu'il arrivait premier, et je vissai le capuchon du stylo » (IV, 874).

La petite Colette naquit en juillet 1913. Colette

livra aussitôt à la presse ses premières « Impressions de maman » après trente heures de travail. Elle s'inquiète et s'attriste : « Je n'ai que de l'appréhension, que de la peur, et je devrais déjà être folle d'une joie avide, normale, d'une joie *maternelle*… » (« Maternité », *Femina*, 15 janvier 1914 ; *PP*, 27). Elle n'a pas éprouvé ce qu'elle appelle « le "grand élan", le fameux élan dont on parle toujours », et elle se demande : « Est-ce que je l'aime ? » (*PP*, 28).

En un curieux carambolage qui ne serait plus autorisé par le Code civil aujourd'hui, la petite fille reçut comme prénom le patronyme de sa mère, qui, en plus, était devenu son nom de plume, comme si la rivalité avec le roman se poursuivait. « Dans la compétition, livre contre enfantement, c'est le roman, Dieu merci, qui eut le dessous », écrira Colette dans *L'Étoile Vesper* (IV, 876). Elle acheva *L'Entrave* après l'accouchement, mais elle jugeait la fin ratée, sans doute sacrifiée : « Entre la coupure et la reprise, j'avais commis la laborieuse délectation de procréer. »

La petite Colette fut aussitôt mise en nourrice puis élevée loin de sa mère durant la guerre, par une nurse anglaise et par sa grand-mère, la mère de Jouvenel. Colette l'appelait « Bel-Gazou », nom que son père, le capitaine, lui donnait à elle, mais aussi « Petit Sidi ». En ce temps-là, les enfants grandissaient sans les parents. La pension prit le relais de la gouvernante. Colette fut une mère distante, qui retrouvait de temps en temps sa fille avec plaisir : « […] je suis avec ma fille, et complètement éblouie par elle », écrit-elle à Marguerite Moreno en septembre 1921 :

> Elle est comme un modèle d'enfant. Son corps contenterait les plus difficiles, elle a le derrière dur, le bras charnu, et quand elle se lève sur la pointe de ses pieds nus, deux beaux muscles en forme de cœur sortent de ses mollets, comme à ceux des matelots quand ils grimpent dans le cordage. Pour la figure, tu y mets les sourcils de Sidi, les yeux de Sidi plus verts, le nez fendu de Sidi, la bouche de Colette, et tu as ma foi un ensemble bien acceptable, et bien mobile, et bien diabolique. Elle patoise que c'est un charme (*LMM*, 56).

Colette choisit la littérature contre la maternité : « Mon brin de virilité me sauva du danger qui expose l'écrivain, promu parent heureux et tendre, à tourner auteur médiocre », à bêtifier sur « le culte des enfants, des plantes, des élevages sous leurs formes diverses ». Ce qui la sauva, ce fut sa « grossesse d'homme » : « Un vieux garçon de quarante ans, sous la femme encore jeune que j'étais, veilla au salut » de l'écrivain (IV, 876). Mais ses relations avec sa fille ne cessèrent jamais d'être difficiles.

23

Frères et sœurs

« Où sont les enfants ? »

Deux reposent. Les autres jour par jour vieillissent. S'il est un lieu où l'on attend après la vie, celle qui nous attendit tremble encore, à cause des deux vivants. Pour l'aînée de nous tous elle a du moins fini de regarder le noir de la vitre le soir : « Ah ! je sens que cette enfant n'est pas heureuse… Ah ! je sens qu'elle souffre… »

Pour l'aîné des garçons elle n'écoute plus, palpitante, le roulement d'un cabriolet de médecin sur la neige, dans la nuit, ni le pas de la jument grise. Mais je sais que pour les deux qui restent elle erre et quête encore, invisible, tourmentée de n'être pas assez tutélaire : « Où sont, où sont les enfants ?… » (*La Maison de Claudine*, II, 970-971).

Ainsi se termine le premier chapitre de *La Maison de Claudine*, livre dont nos maîtresses nous donnaient des dictées dans les années 1950, si bien qu'il nous fallut du temps pour y revenir et l'aimer. Auprès de Sido et du capitaine, les deux frères et la sœur sont eux aussi inoubliables. Dans *Sido*, le troisième chapitre les immortalise sous le titre « Les Sauvages », et ils sont adorables. La Colette immoraliste des *Claudine*, ou la moraliste du *Pur et l'Impur*, fut aussi un écrivain de la famille, de la fratrie. Comment comprendre Colette sans Achille, « l'aîné sans rivaux » (III, 534), sans Léo, le fantasque cadet, ni Juliette, la « sœur aux longs cheveux » ? Quand elle écrit *La Maison de Claudine*, au début des années 1920, Juliette et Achille sont morts depuis 1908 et 1913.

La fratrie fut capitale dans l'imaginaire de Colette. La preuve en est le manque tragique dont souffrent les enfants uniques de ses romans. Dans *Chéri*, Chéri et Edmée ont été élevés sans père, sans frères ni sœurs, sans autre parent que leur mère. L'unique moment de complicité entre eux dans le roman tient au constat ému de leur commune condition d'orphelins :

> Il attendit une confidence qui ne vint pas et serra d'un bras les minces épaules de sa femme, en camarade :
>
> « On est quelque chose comme orphelins, nous, pas ?
>
> — Oui, on est orphelins ! On est si gentils ! »
>
> Elle se colla contre lui. Ils étaient seuls dans le hall. [...] Edmée se sentait tiède et protégée, confiante aux bras de cet inconnu. Elle leva la tête et cria de saisissement, car il renversait vers le lustre

un visage magnifique et désespéré, en fermant les yeux sur deux larmes, retenues et scintillantes entre ses cils…

« Chéri, Chéri ! Qu'est-ce que tu as ? »

Malgré elle, elle lui avait donné ce petit nom trop caressant, qu'elle ne voulait jamais prononcer. Il obéit à l'appel avec égarement, et ramena son regard sur elle. […]

« Ah ! ah ! cette petite… cette petite… De quoi donc as-tu peur ? "

Il lui livrait ses yeux de velours, plus beaux pour une larme, paisibles, grands ouverts, indéchiffrables. Edmée allait le supplier de se taire quand il parla :

« Ce qu'on est bêtes !… C'est cette idée qu'on est orphelins… C'est idiot. C'est tellement vrai… » (II, 769-770).

La « clochette d'orphelinat » qui résonne dans la villa de Mme Peloux à Neuilly et qui désespère Edmée (II, 776), c'est la même que celle de *La Maison de Claudine* (II, 967), mais à Saint-Sauveur elle se mêle au chahut des frères. Dans *La Chatte*, Alain et Camille sont eux aussi des enfants uniques, et Alain, comme Chéri, n'a pas de père, mais il a Saha, sa chatte des Chartreux, auprès de qui il retourne en enfance.

Sido avait été élevée par deux grands frères, Eugène, de vingt ans plus âgé, et Paul. Elle leur devait sa libre pensée, son caractère excentrique, et le style diligent qu'elle transmit à sa fille. De même, Colette apprit à vivre auprès d'Achille, le demi-frère médecin de campagne qui, marié et père de famille, ne devait jamais quitter sa mère, et de Léo, saute-ruisseau à l'oreille absolue :

> « Des sauvages… Des sauvages… disait-elle. Que faire avec de tels sauvages ? » […] Elle contemplait ses deux garçons, les demi-frères, et les trouvait beaux. L'aîné surtout, le châtain aux yeux pers, dix-sept ans, une bouche empourprée qui ne souriait qu'à nous et à quelques jolies filles. Mais le brun, à treize ans, n'était pas mal non plus, sous ses cheveux mal taillés qui descendaient jusqu'à ses yeux bleu de plomb, pareils à ceux de notre père…
>
> Deux sauvages aux pieds légers, osseux, sans chair superflue, frugaux comme leurs parents, et qui préféraient aux viandes le pain bis, le fromage dur, la salade, l'œuf frais, la tarte aux poireaux ou à la citrouille. Sobres et vertueux – de vrais sauvages… (III, 533).

Marguerite Duras, l'autre grande écrivaine qui infléchit la langue française au XXe siècle et créa quelques mythes, eut, elle aussi, deux grands frères sauvages, Pierre et Paul, un fort et un faible. Est-ce une coïncidence ? Leur seul contact eut lieu en novembre 1942, lorsque Duras, alors Marguerite Donnadieu, « une des membresses de ce truc », comme Colette appelle le « Comité, syndicat, fourbi, machin, qui décide, vu la pénurie de papier, de l'opportunité d'éditer ou de ne pas éditer », appela Colette pour l'assurer de sa bienveillance et lui dire son espoir que *Le Képi* pourrait bientôt paraître (*LPC*, 122 ; IV, 1182-1183).

Dernier indice de l'importance de la fratrie pour Colette, à l'opposé des orphelins de *Chéri* et de *La Chatte*, le « plaisir indicible de l'étroite camaraderie impudique et pure », la « solidarité de jumelles » (III, 937), sorte de tendresse animale qui lie les quatre sœurs du *Toutounier* (1938), roman ou « longue nouvelle » sur la sororité rassemblée autour du « "toutounier natal", vaste canapé d'origine anglaise, indestructible, défoncé », symbole de la famille (III, 1218).

24
Le phalanstère

Le gynécée a beaucoup compté pour Colette, toujours très entourée de femmes, comme l'attestent les nombreux volumes de sa correspondance avec ses amies. Dans *Claudine à l'école*, ce sont la grande Anaïs, Claire, la sœur de lait, les sœurs Jaubert, Marie Belhomme, la petite Luce, sœur de Mlle Aimée.

Plus tard, dans les coulisses du music-hall, c'est la troupe des *girls* à laquelle Renée Néré appartient dans *La Vagabonde* ou dont Colette décrit les mœurs dans *L'Envers du music-hall*, pauvres filles exploitées et solidaires, traînant parfois un bambin :

> Bastienne mène, enfin, l'existence laborieuse, indigente et gaie, des petites danseuses sans mère et sans amant. Entre la leçon de neuf heures du matin, la répétition de l'après-midi et la représentation du soir, elles n'ont guère la place de penser. Leur phalanstère misérable ignore le désespoir,

parce qu'on n'y connaît ni la solitude ni l'insomnie (II, 270).

« Phalanstère » : le mot, singulier sous la plume de Colette, vient du socialiste utopique Charles Fourier, comme si seules les communautés féminines rendaient Colette politique. Ainsi, dans « Gribiche », nouvelle de 1937, mais située en 1905, elle dénoncera les avortements clandestins (une autre des nouvelles recueillies dans *Bella-Vista* révèle l'hypocrisie sociale qui fait silence sur l'inceste dans les campagnes) et illustrera la solidarité des filles autour de la petite danseuse qui tombe enceinte et meurt d'un avortement raté.

Mais le sommet de la complicité féminine, encore un mythe, c'est le refuge que Colette elle-même appelle « notre phalanstère du XVIe arrondissement » dans les souvenirs qu'elle donna au *Figaro* lors de la mort de son amie Marguerite Moreno en 1948, recueillis dans *Le Fanal bleu* (IV, 1034). Un phalanstère, une thébaïde, ou un gynécée, en tout cas une heureuse petite communauté de femmes, qui dura quelques mois, à l'automne 1914, les premiers mois de la guerre, dans un Paris vidé de ses hommes. Sorte de régression au temps de *Claudine à l'école*, ou de *La Retraite sentimentale*, roman d'une Annie prémonitoire d'Annie de Pène, l'une des élues du phalanstère de 1914 (comme *Chéri* annonça Bertrand de Jouvenel).

Dans le vieux chalet de bois de Jouvenel à la rue Cortambert, tandis qu'il a rejoint le front, quatre femmes libres (comme les sœurs du *Toutounier*) trouvent refuge, quatre journalistes, comédiennes, romancières, ou les trois à la fois, quatre femmes en rupture avec l'ordre bourgeois, toutes scandaleuses. Annie de Pène, qui a laissé mari et enfants en province, journaliste et romancière comme Colette, est la compagne de Gustave Téry, le directeur de *L'Œuvre*. Marguerite Moreno, que Colette connaît depuis 1894 ou 1895, quand elle était la maîtresse de Catulle Mendès, puis la femme de Marcel Schwob, est une actrice renommée, à la Comédie-Française, avec Sarah Bernhardt, puis au Conservatoire national de Buenos Aires, la diseuse de vers que préfèrent les poètes, dont le dernier grand rôle sera la création de *La Folle de Chaillot* de Giraudoux en 1945. Musidora, de son vrai nom Jeanne Roques, plus jeune d'une dizaine d'années, est une artiste de music-hall que Colette a connue au Ba-Ta-Clan en 1912 et qui est en passe de devenir la star, la *vamp* des films de Louis Feuillade. Colette a éprouvé pour elle une vive amitié, peut-être de la passion, et toutes deux se trouvaient à la villa Rozven en août 1914, à la déclaration de guerre (II, 477-478).

De longs mois de la longue guerre nous virent fidèles toutes deux à Paris, et voisines. [Marguerite Moreno] habita un rez-de-chaussée moderne, rue Jean-de-Bologne, et moi rue Cortambert dans un chalet suisse. Annie de Pène, tout au bout de la provinciale impasse Herran, habitait une maison villageoise à petit perron. Musidora avait récemment emménagé, dans une enclave de la rue Decamps, une de ces garçonnières à eau chaude, à chauffage central, à salle de bains « tout installée », à pièce unique, propre à humilier nos chancelants immeubles du vieux Passy. Quand le ciel, à la nuit, se peuplait de zeppelins, Musidora couchait rue Cortambert sur un petit lit de fer, et dans le jour elle faisait le marché et cuisinait. Je balayais et lavais. Quelle bonne escouade de femmes ! Pour essorer les draps qu'on savonnait à la main, nous les tordions, cravatés au col d'un gros robinet de cuivre, et Marguerite Moreno, la cigarette aux lèvres, répandait sur nos besognes ménagères la bienfaisante rosée des nouvelles fausses ou vraies, de l'anecdote, des prédictions... Annie de Pène connaissait une porte cochère sous laquelle un homme de la campagne vendait des poulets, les jetait à la volée : « Eh hop, la petite dame ! Passez les quatre francs cinq sous ! » (IV, 1033).

Alors que la guerre approche de Paris, puis que le front se stabilise après la bataille de la Marne et la course à la mer, entre septembre et décembre 1914, ces femmes libérées, fumeuses aux cheveux courts, ayant renoncé au corset, se réconfortent ensemble contre l'inquiétude générale et partagent le bonheur du célibat. Toutes les quatre travaillent, ce qui n'est pas encore le lot commun des femmes, mais leurs activités, ainsi que leurs revenus, sont réduits par la guerre, les théâtres et les music-halls ayant fermé et la presse se réduisant aux comptes rendus des opérations.

Dominique Bona a décrit le phalanstère de la rue Cortambert dans *Colette et les siennes* :

> Il règne dans le petit chalet de Passy une atmosphère de pensionnat ou de maison close. Les filles y sont entre elles, du matin au soir. Aucun censeur ne régimente ce cocon, aucun perturbateur n'apporte sa virilité dans cet essaim entièrement féminin où bourdonnent des voix joyeuses. On s'active, on s'agite, on s'appelle d'un étage à l'autre, on se bouscule dans l'escalier, si étroit que les épaules doivent s'effacer pour se laisser passer. L'intimité est parfaite. Pas de disciplines, pas d'horaires. Aucune obligation d'aucune sorte (*DB*, 23).

C'est la liberté, les vacances, la guerre comme grandes vacances, idée reçue qui n'est pourtant pas fausse. « Librement… être libre !… Je parle tout haut, pour que ce beau mot décoloré reprenne sa vie, son vol, son vert reflet d'aile sauvage et de forêt… », espérait Colette dans *L'Entrave*, à la veille de la guerre (II, 427). Elle fut cependant la première à rompre le cercle féminin. N'en pouvant plus de l'absence de Jouvenel, elle le rejoignit à Verdun, d'où elle écrit à Annie de Pène : « Tout ira très bien, et nous aurons un phalanstère qui ne fera pas faillite, même sentimentalement » (*LAPB*, 32). Mais le phalanstère ne se refit pas à son retour. Le moment magique était passé, laissant un arrière-goût de nostalgie : « Je me croyais revenue aux beaux jours du phalanstère », confie plus tard Colette à Marguerite Moreno (*LMM*, 46).

25
Verdun

Le 1er août 1914, Colette se trouvait en vacances en Bretagne, à la villa Rozven, avec l'actrice Musidora. « C'était la guerre », écrit-elle dans son article du *Matin* figurant en tête des *Heures longues*, le recueil de ses chroniques de cette époque. « Dans Saint-Malo, où nous courions chercher des nouvelles, un coup de tonnerre entrait en même temps que nous : la Mobilisation Générale » (II, 477).

Colette se hâte de revenir à Paris, laissant en arrière sa fille âgée d'un an avec sa nurse, tandis que Jouvenel a rejoint son régiment d'infanterie territoriale. « Sidi est à Verdun, hélas. Je me fais aussi patiente, aussi gaie, aussi raisonnable que je peux et que je le dois », écrit-elle à Christine Mendelys, la femme de Georges Wague, le 30 août 1914 (*LV*, 107). Jouvenel est légèrement blessé en septembre. C'est la saison du « phalanstère » de la rue Cortambert. En octobre, Colette fait des gardes de nuit auprès des blessés au lycée Janson-de-Sailly, transformé en hôpital. L'éloignement de son mari lui pèse, comme à tant de femmes, mais elle n'est pas du genre à se soumettre.

En décembre 1914, malgré les interdictions, elle se rend clandestinement au front, à Verdun, pour retrouver Jouvenel. Elle publie dans *Le Matin* ses « Propos d'une Parisienne », reportages sur l'arrière, les blessés qu'elle côtoie à Janson-de-Sailly, la réouverture des cafés-concerts, les difficultés de la correspondance entre les femmes qui se croient obligées de parler sérieusement à leurs hommes de la situation militaire, et les hommes au front qui préféreraient recevoir des lettres frivoles. Mais le récit de son expédition à Verdun – censure oblige – ne paraîtra pas dans la presse :

> Les heures les moins troublées furent celles du « train noir », qui chemine toutes lumières éteintes entre Châlons et Verdun, lentement, lentement, comme à tâtons, retenant son asthme et son sifflet. Heures longues ? peut-être, à cause de l'impatience d'arriver, mais heures remplies, inquiètes, illuminées par la lueur boréale d'une canonnade incessante, une lueur rose qui halète au ras de l'horizon, au nord-est.
>
> Un somptueux tonnerre l'accompagne, continu, nourri, qui ne déchire pas l'oreille mais sonne dans tous les membres, dans le ventre et la tête, et parfois la chute florale des fusées éclairantes, qui crèvent la nuit.

> Personne n'a dormi, personne n'a parlé jusqu'à l'éclosion de l'aube d'hiver, jusqu'à l'arrivée à Verdun, et combien j'enviais, déguisée, ces commerçants verdunois qui passaient devant le gendarme avec un « Ça va? » et une poignée de main…
>
> N'importe. J'y suis, je tâcherai d'y rester, prisonnière bénévole (II, 490-491).

Colette, comme tant d'autres, est sensible à la beauté de la guerre, au feu d'artifice des bombardements : « Depuis ce matin, écrit-elle de Verdun à son ami Léon Hamel, c'est la plus belle canonnade, l'orage ininterrompu, les vitres qui tintent et la porte qui tremble » (*LV*, 112). Elle fera un deuxième séjour à Verdun en mai 1915, avant de partir en reportage pour *Le Matin* en Italie.

Dans ses « Propos d'une Parisienne », elle raconte comment on s'installe dans une guerre. Son journalisme de guerre ne ressemble à aucun autre. Son point de vue est celui d'une femme, à l'écart de la grande histoire. Elle décrit les événements de la vie banale ; elle fait part du courage du peuple pour surmonter les difficultés quotidiennes.

« L'enfant de l'ennemi » paraît dans *Le Matin* du 24 mars 1915. En février, le quotidien a publié un article intitulé « Contre l'avortement », signé par le président de la commission d'assurance et de prévoyance sociales à la Chambre des députés. Évoquant les conséquences des viols commis par

« l'immonde envahisseur » sur les femmes et les jeunes filles dans les départements occupés, crimes qui se seraient comptés par milliers, il présentait des mesures de protection en leur faveur contre la « dangereuse campagne » incitant à l'avortement et à l'infanticide. Plus simplement, Colette plaide pour la miséricorde, demande que ces femmes humiliées, futures mères d'enfants non désirés, soient pourvues d'abris, de nourriture, de layette, de travail, et surtout qu'on les laisse en paix :

> [...] ayons confiance dans la minute où elle connaîtra, épuisée, adoucie, sans défense contre son instinct le meilleur, que le « monstre » est seulement un nouveau-né, rien qu'un nouveau-né avide de vivre, un nouveau-né avec ses yeux vagues, son duvet d'argent, ses mains gaufrées et soyeuses comme la fleur du pavot qui vient de déchirer son calice...
>
> Laissez faire les femmes. Ne dites rien... Silence... (II, 509).

Parce qu'elle est une femme et une mère, ne fréquente ni les premières lignes ni l'état-major, les articles de Colette sont sans équivalent. Elle n'a pas grande estime pour sa production de la guerre, « de pauvres choses journalistiques », dira-t-elle à Francis Carco en 1918 (*LSP*, 204). Mais elle juge toujours son œuvre avec sévérité, et nous voyons ces « choses » autrement. Elle seule pouvait comprendre les profonds bouleversements apportés par un long conflit mondial dans les mentalités, dans les relations entre les deux sexes, comme elle le montrera dans *La Fin de Chéri*. *Les Heures longues* annoncent son roman que je ne suis pas loin de trouver le meilleur.

26

« L'Enfant et les Sortilèges »

Vint le jour où M. Rouché me demanda un livret de féerie-ballet pour l'Opéra. Je ne m'explique pas encore comment je lui donnai, moi qui travaille avec lenteur et peine, *L'Enfant et les Sortilèges* en moins de huit jours... Il aima mon petit poème, et suggéra des compositeurs dont j'accueillis les noms aussi poliment que je pus.

« Mais, dit Rouché après un silence, si je vous proposais Ravel ? »

Je sortis bruyamment de ma politesse, et l'expression de mon espoir ne ménagea plus rien.

« Il ne faut pas nous dissimuler, ajouta Rouché, que cela peut être long, en admettant que Ravel accepte... » (IV, 166-167).

Colette, comme toute sa famille, était musicienne. Son amie Germaine Beaumont se rappelle qu'un jour, en l'absence de pianiste, elle accompagna une jeune chanteuse dans des mélodies de Duparc, puis qu'elle joua longtemps seule : « La façon dont elle posa ses mains sur le clavier m'est encore présente » (*PB*, 82-83). Avec Willy, elle fréquenta Fauré et Debussy (IV, 1070). D'où son bonheur quand Jacques Rouché, le directeur de l'Opéra de Paris, lui demanda en 1915 un livret, qu'elle rédigea donc aisément, elle qui se plaint partout de sa difficulté d'écrire. Après les refus de Dukas et de Stravinsky, Ravel accepta, mais tarda, ne s'y mit qu'en 1919, prit son temps, puisque l'œuvre ne fut créée à l'Opéra de Monte-Carlo qu'en mars 1925, et reprise à l'Opéra-Comique un an plus tard.

> Cinq ans passèrent. L'œuvre achevée et son auteur sortirent du silence, échappèrent à l'œil nyctalope et bleu des chats du Siam, confidents de Ravel. Mais celui-ci ne me traita pas en personne privilégiée, ne consentit pour moi à aucun commentaire, aucune audition prématurée. Il parut seulement se soucier du « duo miaulé » entre les deux Chats, et me demanda gravement si je ne voyais pas d'inconvénient à ce qu'il remplaçât « mouaô » par « mouain », ou bien l'inverse… (IV, 167).

Le livret toucha Ravel, qui venait de perdre sa mère. Il l'inspira au point que la fusion du texte et de la musique ne permet pas d'isoler les deux contributions. Ravel a pu intervenir sur le texte de Colette en composant la musique, ce qui complique l'interprétation de l'œuvre.

Colette met en scène un enfant « méchant ! méchant ! méchant ! » (III, 153), qui refuse de faire ses devoirs, réclame sa liberté, se révolte contre sa mère. Quand celle-ci le punit et l'enferme, il casse tout : « Je suis libre, libre, méchant et libre ! » s'écrie-t-il. Mais les objets et les animaux qu'il a malmenés se déchaînent alors contre lui : l'Horloge, le Feu, le Petit Vieillard incarnant l'arithmétique, et même le Chat familier qui devient « grand et terrible » et se met à danser un ballet avec la Chatte. Dans une ronde de libellules, de chauves-souris, d'écureuils et de grenouilles, tout son univers familier se retourne contre lui et le terrorise, jusqu'au moment où il se résout à appeler « Maman ! » au secours, puis à soigner la patte de l'écureuil qu'il a blessé dans sa colère. Suit le silence de la réparation, la réconciliation avec les animaux, la restauration de l'unité du monde dans ce mot magique : « Maman ! »

L'enfant n'a pas pour modèle Bel-Gazou, la fille de Colette, encore bébé en 1915. La révolte contre la mère, suivie du retour à la mère, fait plutôt songer aux relations difficiles de Colette avec Sido. Colette la quitta, refusa son emprise ; Sido est absente de l'œuvre de sa fille jusqu'à sa mort en 1912, avant d'y revenir en majesté à partir de *La Maison de Claudine* en 1922, quand Colette, mère à son tour, aborde la cinquantaine.

La morale de *L'Enfant et les Sortilèges* est celle d'un conte de fées populaire – entente, rupture de l'harmonie, puis retour à l'ordre –, mais la féerie frappa la psychanalyste Melanie Klein, qui commenta l'œuvre sans y avoir assisté, à partir du compte rendu d'une représentation à Vienne en 1929. Elle vit dans l'agression de l'enfant contre sa mère et le monde, le modèle de l'angoisse infantile, le fantasme de la mauvaise mère, l'expérience de l'Œdipe et de la castration, la danse des chats représentant à ses yeux la scène primitive. *L'Enfant et les Sortilèges* serait donc une parfaite introduction à la psychanalyse infantile. À son tour, Julia Kristeva a parlé d'une « rage profonde qui se révèle être un désir secret pour la mère », et elle a fait de Colette une excellente « psychanalyste d'enfant sans le savoir » (*JK*, 175).

Après la mort de Ravel en 1937, Colette collabora à un hommage au musicien. Elle y évoque ses sentiments lorsqu'elle entendit leur œuvre commune pour la première fois :

> Comment dire mon émotion au premier bondissement des tambourins qui accompagnent le cortège des Pastoureaux ? L'éclat lunaire du jardin, le vol des libellules et des chauves-souris… « N'est-ce pas, c'est amusant ? » disait Ravel. Cependant un nœud de larmes me serrait la gorge : les Bêtes, avec un chuchotement pressé, syllabé à peine, se pen-

chaient sur l'Enfant, réconciliées... Je n'avais pas prévu qu'une vague orchestrale, constellée de rossignols et de lucioles, soulèverait si haut mon œuvre modeste (« Un salon en 1900 », *Journal à rebours*, IV, 167).

L'Enfant et les Sortilèges est un chef-d'œuvre, le fruit d'une rare complicité entre deux enfants en mal de mère, deux orphelins.

27
Les chéris

Après avoir épousé un homme plus âgé de treize ans, chauve, barbu et « bombé », Colette découvrit qu'elle était attirée par les hommes jeunes et sveltes. Dans *Mes apprentissages*, elle attache cette révélation à une nuit où Polaire appela Willy et Colette au secours après une dispute avec son amant, qui se montrait violent. Tandis que Willy sermonne le beau mâle, Colette ne cache pas sa curiosité :

> [...] j'avais eu tout le temps de regarder un spectacle inconnu, l'amour dans sa jeunesse et sa brutalité, un amant offensé, son torse nu, la douce peau féminine sous laquelle jouaient ses muscles exemplaires, les creux et les saillies de son corps indifférent et fier, la manière assurée dont il avait enjambé, puis ramassé, le corps terrassé de Polaire...
>
> Je voyais sa nuque pleine et tondue, la pluie de ses cheveux cendrés qui nous cachaient le visage de Polaire... Il berçait à son cou une victime qui ne pensait plus à nous. [...]

> Il m'en reste le souvenir d'un long moment de malaise triste, peut-être devrais-je écrire : de jalousie... (III, 1048-1049).

Par la suite, durant une parenthèse de sa liaison avec Missy, ou parallèlement, Colette aura pour amant le bel Auguste Hériot, héritier des Grands Magasins du Louvre, sportif, militaire de réserve qui a alors vingt-quatre ans, treize de moins que Colette. Ils se rendent ensemble à Naples en novembre 1910, puis il l'accompagne en tournée à Nice et Monte-Carlo. Colette l'appelle le « petit », le « gosse », dans ses lettres à Missy de la fin de 1910, puis l'« andouille » au début de 1911. Il a aimé Colette, qui le dominait et le laissera sèchement tomber pour Jouvenel (Hériot partira bientôt en croisière avec la maîtresse de Jouvenel, Isabelle de Comminges, la Panthère, qui voulait tuer Colette). Sido aurait préféré Hériot, qu'elle nommait « le Chérubin » dans ses lettres à sa fille (*LC*, 451), à Jouvenel, qui la déposséda de sa fille :

> — J'aimais mieux, tiens, l'autre, ce garçon que tu mets à présent plus bas que terre...
>
> — Oh ! maman !... Un imbécile ! [...]
>
> — Que tu écrirais de belles choses, Minet-Chéri, avec l'imbécile... L'autre, tu vas t'occuper de lui donner tout ce que tu portes en toi de plus précieux (*La Naissance du jour*, III, 293).

Colette est injuste. Hériot était un jeune homme cultivé et polyglotte qui fera par la suite une belle guerre. Chéri, jeune amant de Léa comme Hériot le fut de Colette, mais plus durable, hérita de certains de ses traits et goûts, comme la boxe :

> Quand Léa se souvenait du premier été en Normandie, elle constatait avec équité : « Des nourrissons méchants, j'en ai eu de plus drôles que Chéri. De plus aimables aussi et de plus intelligents. Mais tout de même, je n'en ai pas eu comme celui-là » (II, 739).

Elle ne compte pas le garder longtemps, mais elle fera son éducation sentimentale durant de longues années, jusqu'à son mariage. « Il n'est vendange que d'automne... », déclare Colette dans *La Naissance du jour* (III, 294), à propos de ces liaisons entre une femme plus âgée et un jeune homme : « La perversité de combler un amant adolescent ne dévaste pas assez une femme, au contraire », ajoute-t-elle, tirant la leçon des amours de sa maturité (III, 295).

Entre-temps, il y a eu l'amour de Bertrand de Jouvenel, non pas relaté mais annoncé dans *Chéri*, livre « prémonitoire », dira Colette dans *La Naissance du jour* (III, 286). Comment en parler aujourd'hui ? Bertrand de Jouvenel, né en 1903, le fils aîné de son mari, a seize ans lorsque Colette l'accueille en avril 1920 à Castel Novel. Claire Boas, qui se fait toujours appeler Mme de Jouvenel, lui confie son fils pour les vacances (*LMM*, 47). À la villa Rozven, durant l'été 1920, Colette le reçoit en même temps que Bel-Gazou et entreprend son éducation sentimentale. Leur liaison reprend durant l'été 1921 (*LMM*, 53). Colette l'emmène à Saint-Sauveur à l'automne, visite qui donnera naissance à *La Maison de Claudine*. En avril 1922, tous deux voyagent en Algérie. Sidi, leur mari et père, les accueille à Paris à leur retour, mais lui-même s'éloigne à l'époque de sa femme (*LMM*, 59).

La publication du *Blé en herbe* commence en 1923 dans *Le Matin*, racontant les amours du jeune Phil et de Mme Dalleray, « la Dame en blanc ». Mais le feuilleton fut abrégé de leur première étreinte, puis interrompu la semaine suivante, avant toute atteinte aux convenances (II, 1236 et 1239). Comme directrice littéraire, Colette savait bien que *Le Matin* ne publiait rien qui « ferait bondir le gendarme retraité de Rueil » (*LHP*, 38). Phil oscille entre l'innocence de sa petite amie Vinca et le désir de la Dame en blanc :

> Hier encore il mesurait, d'un cœur patient, le temps au bout duquel Vinca lui appartiendrait.

Aujourd'hui, pâli d'un enseignement qui laissait à son corps le tremblement et la suavité de la défaite, Philippe reculait de tout son être devant une image insensée…

« Jamais ! »

L'aube venait, rapide. Mais aucun vent ne chassait la brume saline où le rouge de l'aurore levante gagnait par nappes. Philippe franchit le seuil de la villa, monta sans bruit vers sa chambre qu'une nuit étouffante emplissait encore, et il ouvrit les volets, avec la hâte d'affronter, dans un miroir, sa nouvelle figure d'homme…

Il vit, dans un visage que la lassitude amincissait, des yeux languissants, agrandis par leur cerne, des lèvres qui, d'avoir touché une bouche rougie, demeuraient un peu fardées, des cheveux noirs en désordre sur le front – des traits plaintifs, et moins pareils à ceux d'un homme qu'à ceux d'une jeune fille meurtrie (II, 1224-1225).

Colette se sépare du père à la fin de 1923 ; elle part avec le fils pour la Suisse en janvier 1924. Bertrand rompra pour elle ses fiançailles, lui restera fidèle, dira-t-il, jusqu'à leur rupture en avril 1925.

Colette se lie aussitôt à un autre homme jeune, Maurice Goudeket, qui a alors trente-six ans, seize de moins qu'elle (*LMM*, 105-106), et qui deviendra le dernier compagnon, « celui que j'appelle mon meilleur ami » (*L'Étoile Vesper*, IV, 784).

« On est toujours fou, quand on cherche à

savoir ce que veut une femme, et quand on s'imagine qu'elle sait ce qu'elle veut ! » déclare Phil vers la fin du *Blé en herbe*, résumant la sagesse de Colette, fondée sur une longue expérience (II, 1252).

28

De la Bretagne au Midi

On associe Colette à Saint-Sauveur-en-Puisaye, sa terre et sa maison natales, son école primaire, ses souvenirs d'enfance, ainsi qu'à Paris, à ses nombreux déménagements, de la rue Jacob à l'avenue des Champs-Élysées, enfin au Palais-Royal, où elle passa ses dernières années. Mais elle fit plusieurs tours de France, notamment avec l'organisateur de spectacles Charles Baret, « prince des tournées », une trentaine de villes chaque année en 1909 et 1910. Colette connaît de fond en comble les hôtels et les restaurants des préfectures (*Notes de tournées*, II, 216).

À cause de son accent soigneusement entretenu, on identifie Colette au terroir, mais elle a beaucoup voyagé à l'étranger : elle s'est rendue à Bayreuth avec Willy en 1895, 1896, 1899 et 1900 ; ses tournées de music-hall et de théâtre l'ont souvent menée à Bruxelles, Genève et Lausanne, ou Monte-Carlo. Elle a visité la Tunisie en 1911, a été envoyée à Rome en juin 1915 par *Le Matin*, y est retournée avec Jouvenel en 1917 et a assisté au tournage du film muet adapté de *La Vagabonde* avec Musidora. Elle a emmené Bertrand de Jouvenel en Algérie en 1922, Maurice Goudeket au Maroc en 1926 et 1929. Elle a fait la traversée inaugurale du paquebot *Normandie* en mai 1935, comme reporter pour *Le Journal*, et visité New York durant cinq jours. Elle a beaucoup aimé le Maroc, où elle a été l'hôte du Glaoui, le pacha de Marrakech, ville que décrivent les « Notes marocaines » de *Prisons et paradis*, tandis que « Le rendez-vous », nouvelle recueillie dans *Bella-Vista*, se situe à Tanger.

Mais l'attachement de Colette à la France, à la province, reste atavique, avec un père dont la famille, originaire de Lorraine, était fixée à Toulon depuis deux générations, et une mère, née à Paris, d'une famille paternelle originaire des Ardennes, élevée en Bourgogne et en Belgique, revenue se marier en Bourgogne.

Certains lieux ont beaucoup compté dans sa vie, Belle-Île, où elle séjourna durant l'été 1894, après sa maladie de jeune mariée trompée, le Jura, dans la famille des Gauthier-Villars, mais surtout les Monts-Boucons, près de Besançon, propriété achetée en 1900 par Willy avec l'argent de *Claudine à l'école*, où elle passa cinq étés heureux de

1901 à 1905 et qui devint la Casamène de *La Retraite sentimentale*. Ce furent ensuite cinq saisons au Crotoy, dans la baie de Somme, avec Missy, de 1906 à 1910, tandis que Willy et sa maîtresse Meg Villars séjournaient dans une villa voisine.

Mais deux maisons surtout lui ont importé, la villa Rozven, « La Rose des vents », près de Saint-Malo, achetée en 1910 par Missy au nom de Colette, qui y passe les vacances à partir de 1911, un grand mois d'août débordant autour, et où elle écrit, à l'abri des théâtres et de la presse. C'est là qu'elle commença *Chéri* en 1919, qu'elle revint en 1921 avec sa fille Bel-Gazou, les deux fils de Jouvenel et de nombreux hôtes, tandis que Sidi faisait des allées et venues. « Il y a aussi Bertrand de Jouvenel, que sa mère m'a confié, pour son hygiène et son malheur. Je le frictionne, le gave, le frotte au sable, le brunis au soleil », écrit-elle à Marguerite Moreno en août 1921 (*LMM*, 53). C'est là que l'on s'imagine *Le Blé en herbe*. « Si tu voyais le bain de Sidi, Sidi-Neptune entouré de ses petits tritons, Bertrand, Renaud, Colette et sa grosse tritonne – moi... C'est un spectacle d'une mythologie bien touchante », reprend-elle un an plus tard (*LMM*, 60).

Durant les années de son mariage avec Jouvenel, Colette fait aussi de fréquents séjours, pendant l'automne et le printemps, à Castel Novel, propriété des Jouvenel près de Brive, où, dit-elle fièrement en 1920 à Léopold Marchand, avec qui elle adaptera *Chéri* pour le théâtre : « Tout est trop beau, je suis raide-saoule. Et puis j'ai le bras tremblant d'avoir mené le tracteur. M'avez-vous vue, cher ami sur mon tracteur ? » (*LV*, 130-131).

Après avoir divorcé d'Henry de Jouvenel, s'être séparée de Bertrand, et avoir rencontré Maurice Goudeket, Colette s'enthousiasme dès 1925 pour le Midi, désormais à la mode l'été comme l'hiver. Elle achète près de Saint-Tropez une maison qu'elle nomme « La Treille muscate », tandis que Rozven est vendu, et elle séjourne désormais en Provence durant les mois d'été, saison de loisir qui lui permet une écriture plus ample. Elle confie à Léopold Marchand en août 1926 :

> Ce que je voudrais te peindre, ce qui ne cesse de m'étonner, c'est ce pays, sa température, son climat singulier et incomparable. Rien n'y souffre de la chaleur, pas même nous. La verdure, la vraie verdure, le figuier, le tamaris, l'arbre fruitier, le liège, la vigne, laissant juste de quoi passer le long de la mer. [...] Quelles promenades à pied, Léo ! À 6 h 1/2 du matin, tout est trempé de rosée, et frais comme la naissance du monde. Mais à midi on ne craint pas de marcher non plus. L'air est privilégié. Ce n'est pas l'enthousiasme qui m'aveugle. Les passants y sont pris comme moi (*LV*, 192).

On reconnaît le cadre idyllique de *La Naissance du jour*:

> Est-ce ma dernière maison? Je la mesure, je l'écoute, pendant que s'écoule la brève nuit intérieure qui succède immédiatement, ici, à l'heure de midi. [...] Demain, je surprendrai l'aube rouge sur les tamaris mouillés de rosée saline, sur les faux bambous qui retiennent, à la pointe de chaque lance bleue, une perle... Le chemin de côte qui remonte de la nuit, de la brume et de la mer... Et puis, le bain, le travail, le repos... Comme tout pourrait être simple... (III, 279-280).

Mais Saint-Tropez devint vite trop encombré durant l'été; La Treille muscate fut vendue en 1938, à temps. Puis la guerre interrompit les villégiatures estivales. Colette remarquera qu'elle n'a pas quitté Paris durant toutes les années de l'Occupation, et à peine le jardin du Palais-Royal pour se rendre jusqu'aux Tuileries (*LMM*, 239).

29

Vengeances posthumes

Après la mort de Colette, Mauriac aurait dit qu'elle avait « l'âme vindicative et dure », qu'elle n'aimait « ni les hommes, ni les femmes, ni les bêtes » (*PB*, 311). Non ! Colette a aimé les bêtes, les femmes et les hommes, même si elle ne manquait pas de les traiter avec brusquerie. Mais elle était rancunière, et elle poursuivit en particulier ses deux premiers maris avec ce qu'il est difficile de ne pas nommer de la haine.

Elle ne rompit pas avec Willy dès leur séparation, en 1906 ; elle chercha même à renouer et proposa un arrangement avec Missy. En revanche, après avoir appris en 1909 qu'il avait vendu à bas prix les *Claudine*, dont elle revendique désormais la paternité, elle n'eut de cesse de l'humilier et de le faire payer. Elle s'appropria ses meubles de famille, qu'il avait mis à l'abri des créanciers sous le nom de sa femme. C'était une revanche contre l'homme qui lui avait volé ses livres (*PB*, 181).

Dans ses lettres à Missy, la Doucette devient « le vieux salaud » ou « le vieux maquereau » (*LM*, 124-125).

La Vagabonde, publié en feuilleton dans *La Vie parisienne* en 1910, pendant le divorce, le met en scène méchamment sous les traits d'Adolphe Taillandy :

> Huit ans de mariage, trois ans de séparation : voilà qui remplit le tiers de mon existence.
>
> Mon ex-mari ? Vous le connaissez tous. C'est Adolphe Taillandy, le pastelliste. Depuis vingt ans, il fait le même portrait de femme. [...]
>
> C'était l'époque où Adolphe Taillandy, avec ce cynisme de bel homme qui lui va si bien, déclarait :
>
> « Je ne veux pour modèles que mes maîtresses, et pour maîtresses que mes modèles ! »
>
> Je ne lui ai pas connu, pour ma part, d'autre génie que celui du mensonge. Aucune femme, aucune de ses femmes, n'a dû autant que moi apprécier, admirer, craindre et maudire sa fureur du mensonge. Adolphe Taillandy mentait, avec fièvre, avec volupté, inlassablement, presque involontairement. Pour lui, l'adultère n'était qu'une des formes – et non la plus délectable – du mensonge (I, 1081-1082).

Lorsque Willy annonce des *Souvenirs littéraires... et autres* en 1924, Colette le devance et publie une « Confession » dans le *Journal littéraire* : « Je suis entrée dans la littérature par une porte basse, anonyme. Les années pendant lesquelles je travaillais, sans que mon nom parût au jour, m'ont enseigné la modestie », mais elle attribue à la servitude de ses débuts son « indifférence à [s]a propre littérature » et son « amertume » qui transforme toute page en « pensum », bref, sa difficulté d'écrire (*PB*, 317).

Après la mort de Willy en 1931, Colette s'acharna sur son « cas » dans *Mes apprentissages*, où elle lui témoigne un ressentiment plus intime que celui d'un écrivain spolié :

> [...] si mainte jeune fille met sa main dans la patte velue, tend sa bouche vers la convulsion gloutonne d'une bouche exaspérée, et regarde sereine sur le mur l'énorme ombre masculine d'un inconnu, c'est que la curiosité sensuelle lui chuchote des conseils puissants. En peu d'heures, un homme sans scrupules fait, d'une fille ignorante, un prodige de libertinage, qui ne compte avec aucun dégoût. Le dégoût n'a jamais été un obstacle. Il vient plus tard, comme l'honnêteté. J'écrivis autrefois : « La dignité, c'est un défaut d'homme. » J'aurais mieux fait d'écrire que « le dégoût n'est pas une délicatesse féminine » (III, 1020).

Sa rancœur ne tient pas seulement à l'exploitation de son talent dans l'atelier, mais aux déceptions de leur vie conjugale, et elle règle ses comptes.

Jacques Gauthier-Villars, le fils de Willy que

Colette avait en partie élevé, protesta contre cette caricature de son père, « homme d'esprit complexe, érudit, secret et charmant » (*PB*, 356). Il ne fut pas le seul à juger Colette ingrate envers celui qui lui avait appris son métier. Lors de la parution de *Mes apprentissages*, Léautaud rencontra des gens « furieux contre le livre de Colette, pour la façon dont elle parle de Willy », et il rapporte cette anecdote : journaliste de leur monde, Léon Deffoux « s'est trouvé un jour dans un déjeuner à côté de Colette. "Ce vieux salaud, ce vieux soûlard, ce vieux con, disait-elle de Willy. Qu'est-ce qu'il a fait ?" – Deffoux : "Ce qu'il a fait ? Mais, vous, Madame !" » (*Journal littéraire*, 4 février 1936).

Gide fut en revanche définitivement conquis : « Quel tact parfait, quelle courtoise discrétion dans la confidence (dans les portraits de Polaire, de Jean Lorrain, de Willy surtout, de "Monsieur Willy") ; pas un trait qui ne porte et qui ne se retienne, tracé comme au hasard, comme en se jouant, mais avec un art subtil, accompli » (*Journal*, 19 février 1936). Et de se féliciter du « reste inconscient de puritanisme » qui l'a tenu éloigné de cette société.

Colette ne sera pas plus indulgente pour Jouvenel, que les lecteurs de *Julie de Carneilhan* ne manquèrent pas de reconnaître en 1941 dans le personnage d'Herbert d'Espivant, politicien corrompu qui a épousé une riche et belle Juive dont la fortune servit ses ambitions politiques. Colette elle-même parle en février 1941 du « sacré venimeux dégueulasse de roman » qu'elle est en train d'écrire (*LPF*, 46). Anatole de Monzie, ami cher de Jouvenel, lui avoua son « malaise » : « Est-il vrai, Colette, que vous ayez barbouillé de scandale la figure de cet homme dont Bel-Gazou est la fille ? [...] Avez-vous visé Henry? Si oui, pourquoi ? » Colette nia, mais trop d'analogies prouvaient la malveillance évidente, et ce roman éloigna Bel-Gazou de sa mère pour longtemps.

Colette fut injuste avec Jouvenel et plus encore avec Willy. Aussi, laissons Sido conclure, après avoir relu *La Vagabonde*, une fois le roman paru en volume en 1910 : « N'empêche que je me dis souvent ce que tu te dis vaguement, c'est que si tu n'avais pas vécu quelque temps avec ce phénomène, ton talent ne se serait pas révélé ! » (*LC* 418-419).

30

« Vies minuscules »

> J'ai oublié son nom. Pourquoi sa triste figure émerge-t-elle encore, quelquefois, des songes qui me ramènent, la nuit, au temps et au pays où je fus une enfant ? Sa triste figure erre-t-elle au lieu où sont les morts sans amis, après qu'il eut erré, sans amis, parmi les vivants ?
>
> Il s'appelait à peu près Goussard, Voussard, ou peut-être Gaumeau. Il entra, comme expéditionnaire, chez Me Defert, notaire, et il y resta des années, des années… Mais mon village, qui n'avait pas vu naître Voussard – ou Gaumeau – ne voulut pas l'adopter. Même à l'ancienneté, Voussard ne gagna point son grade d'« enfant du pays ». Grand, gris, sec, étroit, il ne quêta nulle sympathie et le cœur même de Rouillard, ce cœur expansif de cafetier-violoniste, attendri à force de mener en musique les cortèges de noces au long des routes, ne s'ouvrit jamais pour lui (II, 1038-1039).

« Ybañez est mort » est l'un des chapitres les plus singuliers de *La Maison de Claudine*, le portrait d'un employé insignifiant de Saint-Sauveur, célibataire en pension complète chez Patasson pour 60 francs par mois. Il fait horreur à Sido. Après le déjeuner, assis sur un banc de pierre à lire le journal, il éveille pourtant la curiosité des petites filles. Un jour, il arrive en retard, agité, se penche vers un autre saute-ruisseau et prononce cette phrase mystérieuse : « Ybañez est mort. » Ce sont des lecteurs de feuilletons : « C'est un coup du cardinal de Richelieu », ajoute Voussard « avec un rire amer » (II, 1041).

Colette, qui n'aimait pas Alexandre Dumas, n'a pas son pareil pour évoquer les petites existences en quelques lignes, pour les rendre légendaires en deux ou trois mots : « Ybañez est mort », si bien qu'elles acquièrent la grandeur du mythe. La Félicité de Flaubert, dans « Un cœur simple », est un peu le modèle de ces vies vides, même si Colette se réclame de Balzac, non de Flaubert.

Dans *La Maison de Claudine*, voici encore « La Petite Bouilloux », jolie fille qui quitte l'école avant les autres pour entrer en apprentissage dans un atelier de couture, portant chignon et vêtue en long. Comme Voussard, elle devient une « passante quotidienne » du village (II, 1026). Elle danse, se rend aux foires ; on attend d'elle un destin, qu'un homme l'enlève. Mais « rien n'arriva à la petite Bouilloux ». Elle attendait et rien n'arriva. Un jour, des années plus tard, Colette ou Claudine la reconnut en traversant le village en voiture : « avec de grands yeux vindicatifs », c'était « une femme de mon âge », une vieille fille n'attendant plus le ravisseur.

Nombre de ces humbles, de ces anonymes, de ces figurants de la vie, parcourent les pages de *L'Envers du music-hall* ou des *Notes de tournées*, auxquels Colette donne une mémoire, par exemple « L'Affamé ». Elle l'observe parce qu'il se tient à l'écart, ne se mêle pas à la troupe, économise, mais il porte un bouquet de jacinthes à la boutonnière, qu'il tend à Colette, laquelle lui offre une petite saucisse chaude en gare de Lourdes. C'est tout ce qu'il reste de ce jeune homme pauvre, non pas une épitaphe, mais une légende (II, 242).

Dans l'ethnographie des coulisses qu'esquisse *L'Envers du music-hall*, une partie s'intitule « Les Gagne-Petit », où elle énumère les emplois accessoires. Un autre chapitre s'appelle « Le Laissé-pour-compte ». Colette s'attache plus à ceux-là qu'à l'étoile ou à la vedette américaine, ainsi que Maurice Chevalier désigne son emploi à elle quand ils font connaissance en 1909 au Casino Kursaal de Lyon.

À cette liste des vies minuscules, ajoutons « Gribiche », la jeune *girl* qui meurt à la suite d'un avortement, tuée par les soins de sa mère dans

Bella-Vista, ou même Mitsou, la petite danseuse éprise du lieutenant bleu. Ou encore Alain, le héros de *La Chatte*, jeune homme sans qualités :

> « Avoue – elle croisa les bras en tragédienne – avoue que tu vas voir ma rivale !
> — Saha n'est pas ta rivale », dit Alain simplement.
> « Comment serait-elle ta rivale ? » poursuivit-il en lui-même. « Tu ne peux avoir de rivales que dans l'impur... » (III, 832).

Retourné à sa chatte, Colette remarque chez lui le même geste infime, « d'une paume adroite et creusée en patte » (III, 891), que chez Lucette de Nice dans *L'Envers du music-hall*, « un geste de la main en forme de cuiller, saugrenu et félin » (II, 306). Gestes animaux qui les immortalisent.

Ou ce jeune juif travesti en Mme Otero qui fait la tournée avec sa mère : il danse dans une robe lumineuse, chante d'une voix de soprano léger, mais regrette de devoir retirer sa perruque pour saluer, révéler la supercherie pour recevoir les applaudissements, parce qu'il préférerait qu'on l'admire jusqu'au bout en femme, comme « petite grue » (« L'Énigme », 1910, *CJ*, 44-46).

Tant de ces individus indifférents croisent l'œuvre de Colette, auxquels elle se montre aussi attentive qu'à ses personnages fabuleux, Claudine,

Sido ou Gigi. Ces êtres-là n'ont pas toujours de nom et souvent moins de personnalité que les bêtes familières, Toby-Chien, Kiki-la-Doucette, Bâ-Tou, Souci, jusqu'à la Chatte Dernière.

Le modèle de toutes ces vies minuscules, c'est Léo, le frère puîné, éclipsé par Achille, le demi-frère aîné. Clerc de notaire, saute-ruisseau lui aussi, collectionneur de timbres à l'oreille musicienne, « un sylphe de soixante-trois ans » dans *Sido* (III, 537), « le vieux sylphe aux ailes collées de pluie » dans *L'Étoile Vesper* (IV, 813) :

> Il provient, cet homme blanchissant, d'un petit garçon de six ans, qui suivait les musiciens mendiants quand ils traversaient notre village. Il suivit un clarinettiste borgne jusqu'à Saints – quatre kilomètres – et quand il revint, ma mère faisait sonder les puits du pays. Il écouta avec bonté les reproches et les plaintes, car il se fâchait rarement. Quand il en eut fini avec les alarmes maternelles, il alla au piano, et joua fidèlement tous les airs du clarinettiste, qu'il enrichit de petites harmonies simples, fort correctes. Ainsi faisait-il des airs du manège forain, à la Quasimodo, et de *toutes* les musiques, qu'il captait comme des messages volants (*Sido*, III, 534).

Colette donne un récit émouvant d'une de ses dernières visites, en 1939, mouillé comme un chien, vivant dans la mémoire (*Journal à rebours*,

IV, 112-115). Avec lui, elle partage les souvenirs les plus anodins de leur enfance à Saint-Sauveur, une phrase aussi menue qu'« Ybañez est mort ». Dans « Les Sauvages », le chapitre de *Sido* sur la fratrie, il revient d'une visite au village et raconte à sa sœur sa déception, un crève-cœur : il n'a pas retrouvé le bruit du verrou, le son de l'enfance, le grincement du portail du château : « *Ils* ont huilé la grille » (III, 540).

31

« La tentation du passé »

Colette respecte deux écrivains, Balzac, qu'elle lit depuis toujours et dont elle conserve les œuvres complètes au chevet de son « divan-radeau » du Palais-Royal, et Proust, auquel elle se convertit dès la parution de *Du côté de chez Swann*. Il lui fallut surmonter ses préjugés, car elle l'avait croisé dans les salons à son arrivée à Paris, comme elle le rappelle dans un hommage publié après la mort de Proust :

> Il était un jeune homme dans le même temps que j'étais une jeune femme, et ce n'est pas dans ce temps-là que j'ai pu le bien connaître. Je rencontrais Marcel Proust le mercredi chez Mme Arman de Caillavet, et je n'avais guère de goût pour sa très grande politesse, l'attention excessive qu'il vouait à ses interlocuteurs, surtout à ses interlocutrices, une attention qui marquait trop, entre elles et lui, la différence d'âges. C'est qu'il paraissait singulièrement jeune, plus jeune que tous les hommes, plus jeune que toutes les jeunes femmes. De grandes orbites

bistrées et mélancoliques, un teint parfois rosé et parfois pâle, l'œil anxieux, la bouche, quand elle se taisait, resserrée et close comme pour un baiser… Des habits de cérémonie et une mèche de cheveux désordonnée… (*Trait pour trait*, IV, 924-925).

En 1895, elle avait assisté chez Madeleine Lemaire à la lecture de ses « Portraits de peintres », et, dans *Claudine en ménage*, elle n'était pas tendre, le dépeignant comme un « petit complimenteur » et un « jeune et joli garçon de lettres », formule que Willy avait atténuée, puisque Colette parlait d'un « jeune youpin de lettres » dans le manuscrit (I, 427 et 1351).

Mais « Combray » l'enchanta, après que Louis de Robert, ami de Proust et de Colette, l'eut incitée à lire le roman : « […] un engouement, une admiration assez passionnée de ma part a remplacé tous les autres sentiments qu'il aurait pu m'inspirer », répondra-t-elle à André Parinaud en 1950 (*MV*, 218). Elle confiait déjà dans son hommage de 1926 : « Quelle conquête ! Le dédale de l'enfance, de l'adolescence rouvert, expliqué, clair et vertigineux… Tout ce qu'on aurait voulu écrire, tout ce qu'on n'a pas osé ni su écrire, le reflet de l'univers sur le long flot, troublé par sa propre abondance… » (IV, 925).

Colette n'était pas encore l'écrivain de *La Maison de Claudine*, de *Sido* et de *La Naissance du jour*, mais des similitudes apparaissaient déjà entre leurs écritures : la première personne, les sensations, la mémoire, la métaphore, et la forme que l'on nomme aujourd'hui *autofiction*, dont ils pourraient tous les deux revendiquer l'invention. Après *La Vagabonde*, Sido écrivit à sa fille : « Mais c'est une autobiographie ! Tu ne peux le nier. [...] Est-ce vrai que tu as tant souffert sans jamais m'en rien dire ? » (*LC*, 404). La confusion est permise, car dès *La Vagabonde*, la première personne s'impose, et même si l'héroïne se nomme Renée Néré et non Colette, la fiction et le récit de soi se nouent étroitement.

Le livre le plus proustien de Colette, c'est *La Naissance du jour*, où la narratrice porte le même nom que l'auteur et tisse avec une totale liberté ses souvenirs, ses impressions, et une intrigue inventée entre deux jeunes gens de son voisinage. La publication en feuilleton dans *La Revue de Paris* portait une épigraphe attribuée à Proust, résumé idéal de toute l'œuvre de Colette depuis les *Claudine* jusqu'au *Fanal bleu :* « ... ce " je " qui est moi et qui n'est peut-être pas moi... » (III, 1394). La citation n'était pas littérale, Colette la faisant probablement de mémoire. Pour la publication en volume, elle lui substitua un extrait du livre lui-même, lui aussi adapté : « Imaginez-vous, à me lire, que je fais mon portrait ? Patience : c'est seulement mon modèle » (III, 275). Colette sait, au moins depuis *Chéri* qui annonça sa liaison avec Bertrand de Jouvenel, que la littérature précède la vie.

Parallèlement, Proust se convertit à Colette. Après avoir lu *Mitsou*, l'amour raté de la petite artiste de music-hall et du lieutenant bleu en permission, tableau de l'arrière préfigurant celui du *Temps retrouvé*, il lui écrivit : « J'ai un peu pleuré ce soir, pour la première fois depuis longtemps, et pourtant depuis quelque temps je suis accablé de chagrins, de souffrances et d'ennuis. Mais si j'ai pleuré, ce n'est pas de tout cela, c'est en lisant la lettre de Mitsou », sa dernière lettre désabusée (II, 1513). Il donne tout son sens au sous-titre du roman, *Comment l'esprit vient aux filles*, et trouve Mitsou « plus intelligente que le lieutenant bleu ». Et il enverra *À l'ombre des jeunes filles en fleurs* à Colette avec cette dédicace : « En souvenir attendri et émerveillé de Mitsou. »

Oui, ces deux-là, Proust et Colette, se sont reconnus. Ce qui les rapproche parmi la merveilleuse génération de 1870, c'est la réminiscence, l'émotion du passé. Colette le rappellera en 1939 dans « La Lune de pluie », inquiétante nouvelle sur le retour, des années après l'avoir quitté, dans un lieu que l'on a habité, comme si, en entrant ailleurs, on rentrait en soi :

> À mes dépens, j'ai eu le temps d'éprouver que la tentation du passé est chez moi plus véhémente que la soif de connaître l'avenir. La rupture avec le présent, le retour en arrière et, brusquement, l'apparition d'un pan de passé frais, inédit, qu'ils me soient donnés par le hasard ou par la patience, s'accompagnent d'un heurt auquel rien ne se compare, et duquel je ne saurais donner aucune définition sensée. Haletant d'asthme parmi la nue bleuâtre des fumigations et le vol des pages une à une détachées de lui, Marcel Proust pourchassait un temps révolu. Ce n'est guère le rôle des écrivains, ni leur facilité, que d'aimer l'avenir (*Chambre d'hôtel*, IV, 66).

Proust et Colette ont donné à la littérature française le monde de l'enfance, l'étoffe de la sensation, l'émotion de la mémoire.

32

« Notre grande charmeuse de mots »

« Léa ! Donne-le-moi, ton collier de perles ! Tu m'entends, Léa ? Donne-moi ton collier ! »

Aucune réponse ne vint du grand lit de fer forgé et de cuivre ciselé, qui brillait dans l'ombre comme une armure.

« Pourquoi ne me le donnerais-tu pas, ton collier ? Il me va aussi bien qu'à toi, et même mieux ! »

Au claquement du fermoir, les dentelles du lit s'agitèrent, deux bras nus, magnifiques, fins au poignet, élevèrent deux belles mains paresseuses.

« Laisse ça, Chéri, tu as assez joué avec ce collier.

— Je m'amuse... Tu as peur que je te le vole ? »

Devant les rideaux roses traversés de soleil, il dansait, tout noir, comme un gracieux diable sur fond de fournaise. Mais quand il recula vers le lit, il redevint tout blanc, du pyjama de soie aux babouches de daim.

« Je n'ai pas peur, répondit du lit la voix douce et basse. Mais tu fatigues le fil du collier. Les perles sont lourdes.

— Elles le sont, dit Chéri avec considération. Il ne s'est pas moqué de toi, celui qui t'a donné ce meuble » (II, 719).

L'ouverture de *Chéri* consacra Colette comme un grand écrivain en 1920. Gide lui écrivit peu après, sur un ton tout de même un peu condescendant : « Moi ce que j'aime surtout dans votre livre, c'est son dépouillement, son dévêtissement, sa nudité. Déjà je voudrais le relire – et j'ai peur : Si j'allais le trouver moins bien ! Vite, envoyons cette lettre avant de la jeter au tiroir » (II, 1548). Comme s'il craignait d'en avoir trop dit, de s'être trop avancé.

Cette page fut vite tenue pour un modèle de style. Sous le pseudonyme de Criticus, un certain Marcel Berger (Colette l'avait publié dans les « Contes des mille et un matins ») en donna dès 1929 une analyse détaillée dans *La Revue mondiale* (15 août 1929, 409-418). Les bonnes ventes de Colette en librairie, avançait Criticus, n'interdisaient pas qu'elle fût une styliste novatrice : « [...] le fait d'un talent reconnu par le consensus universel, demandait-il, doit-il porter les délicats à supposer que cette renommée a quelque chose de tant soit peu surfait ? » Non, et pour lui « le génie d'écrivain de Colette » s'imposait dans l'entrée en matière de *Chéri*, sous la forme d'un dialogue, d'une conversation commencée dans l'intimité familière, sans aucun commentaire d'auteur ni présentation des personnages :

« Une chambre à coucher. Deux êtres qui

sortent de... l'amour sans doute. Et l'homme qui – ne fût-ce que pour rire – demande son collier à la femme, plus âgée que lui, c'est probable... Tout le roman ! [...] Tout le drame de la jeunesse qui se prête – ou se vend – est déjà là. »

Comme Gide, Criticus admire la sobriété de Colette, qui saute les étapes, note « le claquement du fermoir » au lieu d'écrire qu'il a claqué. Ces ellipses parient sur l'intelligence du lecteur et donnent plus de force au récit.

Criticus repère les « notations visuelles », les « taches lumineuses », les « touches de peintre » qui constellent cette première page, tel ce « lit de fer forgé et de cuivre ciselé, qui brillait dans l'ombre comme une armure », rappelant aussi l'image de l'amour et de la guerre. Il traite Colette de « virtuose cinégraphiste », l'appareil de prise de vue se déplaçant de Chéri, de ses sensations rétiniennes, à Léa, lorsque la silhouette insolente de Chéri se découpe contre les voilages. Colette, familière du cinéma, adapte les techniques du cadrage, des gros plans et du montage.

« Comment s'y prend-elle, conclut-il ? On a cru longtemps au seul merveilleux don. Mais questionnez-la. Elle vous dira comment, et combien elle travaille. Et du vrai travail dont elle souffre – dont elle se libère avec orgueil, avec parfois, comme elle le confiait à un intime, au moment de *La Naissance du jour*, la satisfaction d'avoir écrit " quelques pages d'anthologie ". »

Pour Benjamin Crémieux, dans ses recensions de *Chéri* en 1920 dans *La NRF* et du *Blé en herbe* dans *Les Nouvelles littéraires* en 1923, elle est « l'écrivain qui a introduit dans notre littérature la *prose féminine* qui lui manquait » (II, 1552) ; avant elle, les femmes « écriv[ai]ent masculinement »; en « véritable créatrice de la prose féminine française », elle « a donné le premier exemple typique de cette prose fluide, spontanée, sensuelle, coquette, ardente, abandonnée, auprès de laquelle les proses d'homme les plus musicales et les plus directes semblent artificielles et cérébrales ». Ainsi, elle a « ouvert au style des possibilités inconnues avant elle » (II, 1706-1707).

L'admiration de Paul Reboux était totale, qui publia dès 1925 un *Colette, ou le Génie du style*, et l'honora d'un de ses pastiches sympathiques en 1930 (*À la manière de...*, 5e série, 1950). Et c'est Fernand Vandérem qui, après *Ces plaisirs...*, l'appelle « notre grande charmeuse de mots » (*Candide*, 11 février 1932).

En 1941, Gide, lisant *Bella-Vista*, n'exprime plus la moindre réserve :

> Une langue savoureuse presque à l'excès... ah! combien me plaît la façon d'écrire de Colette!

> Quelle sûreté dans le choix des mots ! Quel délicat sentiment de la nuance ! Et tout cela comme en se jouant, à la La Fontaine, et sans avoir l'air d'y toucher, résultat d'une élaboration assidue, résultat exquis.
>
> « Je m'assis assez maussade devant un travail commencé sans appétit, délaissé sans décision. » Ce « délaissé sans décision » est une merveille d'intention, discrète jusqu'à l'inaperçu pour le commun des lecteurs sans doute, qui me ravit (*Journal*, 11 février 1941).

Dans ce « délaissé sans décision » (III, 1140), Gide repère la disciple de Saint-Simon, auquel Sido l'avait initiée : « Les vingt volumes de Saint-Simon se relayaient au chevet de ma mère, la nuit ; elle y trouvait des plaisirs renaissants, et s'étonnait qu'à huit ans je ne les partageasse pas tous. "Pourquoi ne lis-tu pas Saint-Simon? me demandait-elle. C'est curieux de voir le temps qu'il faut à des enfants pour adopter des livres intéressants !" » (II, 989). La musique de Saint-Simon l'avait en tout cas marquée.

33

L'Occupation

Le 18 avril 1941, Colette parle à Radio-Paris de son roman *Julie de Carneilhan*, qui vient de paraître, et de l'exode. Elle se montre enjouée ; son humeur est bonne depuis son retour à Paris en septembre 1940 : « Je suis charmante. Je travaille comme je peux, autant que je peux, et je ne demande rien à personne. »

Colette, qui n'avait pas la tête politique, publie en 1937 « Bella-Vista » dans *Gringoire*, l'hebdomadaire d'Horace de Carbuccia, dont les sympathies pour le fascisme sont connues (et bien qu'il ait interrompu la parution de *Ces plaisirs*... en 1932). Elle confie à son amie Renée Hamon en septembre 1938, en pleine crise des Sudètes, alors que la France a mobilisé avant les accords de Munich : « Que penses-tu de Hitler ? Un monsieur végétarien qui ne mange que des flocons d'avoine à midi et parfois un œuf le soir... Un monsieur qui ne fait pas l'amour, même pas avec les hommes… Une belle comédienne ! » (*LPC*, 56).

Il est vrai qu'elle s'est toujours méfiée des idées : « […] il y a trois parures qui me vont très mal : les chapeaux empanachés, les idées générales et les boucles d'oreilles », affirme-t-elle dans une causerie en novembre 1938 (*PP*, 213). C'est sans arrière-pensées qu'elle passe d'un organe de presse à l'autre et lâche en juin 1938 *Le Journal* pour *Paris-Soir* de Jean Prouvost et de Pierre Lazareff, son voisin du Palais-Royal, ou qu'elle collabore à *Marie-Claire* et à *Match*, autres propriétés de Prouvost. Indifférence ou inconscience qui peuvent expliquer certaines imprudences sous l'Occupation.

Julie de Carneilhan, écrit en 1941, paraît durant l'été, à nouveau dans *Gringoire*, désormais de connivence avec le régime de Vichy. On y tombe sur ce dialogue entre Herbert d'Espivant, en qui les bons lecteurs reconnaissent Jouvenel, et Julie, son ancienne femme :

> « D'ailleurs nous allons avoir la guerre…
>
> — Tiens ! dit Julie.
>
> — Ça t'étonne ? Tu lis les journaux ?
>
> — Les illustrés, un peu. Mais je dis "tiens !" parce qu'une voyante me l'a annoncé, que nous r'aurions la guerre.
>
> — C'est tout ce que ça te fait ?

— Oui, dit Julie. J'en sais assez pour me réjouir si nous sommes vainqueurs, et pour mourir s'il y a lieu de mourir. »

Espivant la regarda avec envie.

« Mais tu ne te doutes même pas que ce serait une guerre terrible ? Plus que l'autre ? »

Elle fit un geste d'indifférence.

« Je ne raisonne pas sur la guerre. Ce n'est pas l'affaire d'une femme, de raisonner sur la guerre » (IV, 265).

À cette date, le portrait de la riche Marianne, la seconde femme d'Espivant, avec sa « pâleur un peu juive », sacrifie aux clichés d'époque (IV, 299).

Colette s'adresse de préférence aux femmes depuis quelques années dans la presse et à la radio. Elle dirige plusieurs numéros de *Marie-Claire*, y répond au courrier du cœur en 1939 et jusqu'en mai 1940. Dès son retour de l'exode, elle donne une chronique hebdomadaire au *Petit Parisien* pétainiste, entre octobre 1940 et décembre 1941. Elle parle à « [s]es chères femmes », traite des problèmes de la vie quotidienne : le froid, la pénurie, la solitude ; elle ironise sur les restrictions en pastichant une recette de cuisine : « Vous prenez huit ou dix œufs… – À qui ? » (IV, 586) ; elle donne des conseils pratiques pour survivre, des recettes de pauvres, comme celle de la flognarde qui aura un immense succès (IV, 616), recommande de remplacer la viande par le fromage blanc (IV, 587), les lentilles et les haricots secs par les châtaignes (IV, 588), mais regrette tout de même les « oranges d'avant-guerre » (IV, 688). Ses articles sont recueillis en 1942 dans *De ma fenêtre*, aux Armes de France, avatar aryen de Calmann-Lévy, puis en Suisse en mars 1944 sous le titre *Paris de ma fenêtre*. Colette a besoin d'argent ; elle publie beaucoup en 1941, *Journal à rebours* chez Fayard, *Mes cahiers* et *Le Pur et l'Impur* aux Armes de France.

Mais la guerre la rattrape. Maurice Goudeket, son mari, est arrêté le 12 décembre 1941, lors de la rafle des notables, et amené au camp de Royallieu, près de Compiègne. Colette réussit à le faire libérer le 6 février 1942, après deux mois d'angoisse, grâce à Mme Otto Abetz, la femme de l'ambassadeur, et à Karl Epting, le directeur de l'Institut allemand de Paris, qu'elle remercie. Goudeket passera en zone libre en juin, remontera à Paris en décembre, se faisant discret, quittant l'appartement la nuit pour rejoindre une chambre de bonne sous les toits.

La judéité de son mari a certainement influencé l'attitude de Colette sous l'Occupation. Une fois qu'il est libéré, elle se produit moins, mais donne des gages : une dictée sur la solidarité destinée à tous les écoliers de France le 3 mars 1942 ; *Trois... Six... Neuf...*, feuilleton de ses déménagements dans *Le Petit Parisien* ; un article sur « Ma Bourgogne pauvre » dans *La Gerbe* le 26 novembre 1942, qui la rend collaborationniste aux yeux des *Lettres françaises*; un hommage à Balzac en avril 1944 dans le livre réuni par Sacha Guitry, *De Jeanne d'Arc à Philippe Pétain*.

Mais le beau texte de Colette sur Balzac cite les œuvres les moins conciliables avec l'ordre moral de Vichy, *Splendeurs et misères des courtisanes*, *Sarrasine*, *La Fille aux yeux d'or*, *Une passion dans le désert*… (« Lectures », *OCF*, XV, 343-347). Les collaborationnistes n'étaient pas dupes, qui l'avertissaient : « Nous en avons assez de votre littérature de décadence. Nous ne voulons plus de ces *Claudine*, de ces *Ingénue libertine*, nous ne voulons plus de ces œuvres frelatées d'autrefois. […] Tout ça, c'est de l'art juif ! Grâce au Ciel, la Révolution nationale change tout cela ! […] Vive Pétain ! » (6 octobre 1941, *LMT*, 219).

Après la Libération, que Colette traversa sans encombre – Aragon voyait en elle le « plus grand écrivain français » (IV, XIV) –, elle mit l'accent dans *L'Étoile Vesper* sur la résistance de son petit pays, de son quartier, de son îlot :

> Qui n'eût offert sa cave, sa maison, sa couche ? À un Israélite qui m'est cher – ses états de service de 14-18 ne le préservèrent pas du camp de Compiègne – une locataire des mansardes proposa : « S'ils viennent pour vous reprendre, courez à ma

chambre qui n'a pas de verrou, et allez, marchez, n'ayez pas honte, fourrez-vous avec moi dans mon lit ! Sûr et certain qu'ils n'auront pas l'idée de vous chercher là ! » (IV, 777).

34
La bonne dame du Palais-Royal

> Je ne puis plus guère quitter ce coin de fenêtre, au beau milieu, au très beau milieu de Paris. Ce n'est que de là que j'ai vu Paris s'enfoncer dans la douleur, noircir de chagrin et d'humiliation, mais aussi se refuser chaque jour davantage…
>
> J'aime à constater, à répéter que notre Palais-Royal, même avant la guerre, était une petite province, parée d'une aménité, d'une solidarité qui manquent à la vraie province. La guerre fit, d'une poignée d'habitants, une coalition d'amis (IV, 777).

Après la guerre, durant les dernières années de sa vie, Colette devient « la bonne dame du Palais-Royal », expression de Cocteau ou de Mauriac, on ne sait, en tout cas pointe malicieuse d'un zélateur acerbe. Colette se retrouve canonisée de son vivant, élue à l'unanimité à l'académie Goncourt en mai 1945, présidente en 1949, divinité d'un culte ordonné par Maurice Goudeket, qui entreprend la publication de ses *Œuvres complètes* à partir de 1948. L'arthrite l'immobilise de plus en plus, mais les hommages se succèdent pour ses quatre-vingts ans, en 1953.

L'apprivoisement avait commencé dès longtemps. L'image de Colette avait changé autour de la Première Guerre. L'auteur des *Claudine*, la rebelle, la danseuse au sein nu, la théâtreuse divorcée de Willy et la maîtresse de Missy, était devenue « Madame Colette ». Une nouvelle génération d'écrivains la traitait en maître, comme Francis Carco ou Georges Duhamel, tandis que ses contemporains capitaux s'inclinaient, tels Gide et Proust.

Et le meilleur Colette est celui de l'entre-deux-guerres, de *Mitsou*, qui émut Proust, en passant par *Chéri*, *La Maison de Claudine*, *Le Blé en herbe*, *La Fin de Chéri*, *La Naissance du jour*, *Sido*, et jusqu'à *La Chatte*, succession ininterrompue de chefs-d'œuvre.

Colette comprit la Première Guerre mieux que quiconque, de l'arrière, avec quelques incursions sur le front et séjours en Italie. Dans *Mitsou*, le jeune lieutenant bleu compare sa vie évidée à celle de la petite actrice :

> Savez-vous que la mienne n'est guère plus meublée ? Mitsou, nous autres garçons qui avons vingt-quatre ans, la guerre nous a pris à la porte du collège dont nous sortions. Elle a fait de nous des hommes, et je crois qu'il nous manquera toujours d'avoir été des jeunes gens. Il est perdu pour nous, ce

temps précieux pendant lequel nous pouvons apprendre l'équilibre de la voix, du geste, l'habitude de la liberté, de la famille, approcher, sans épouvante comme sans cannibalisme, des femmes qui ne songent pas tout le temps à notre désir ou à notre argent... (II, 683).

Chéri, grand livre de la maturité sur le thème du jeune homme et de la femme mûre, c'est *Le Lys dans la vallée* ou *L'Éducation sentimentale* de Colette, prélude à la rencontre avec Bertrand de Jouvenel, parce que la littérature et la vie sont inséparables pour Colette comme pour tous les grands écrivains. Colette sait qu'elle a écrit un chef-d'œuvre, même si elle heurte encore les bonnes consciences :

Il n'a pas reçu que des louanges, le « nourrisson méchant » que je couchais sur le sein de Léa. Les hommes lui étaient durs, ceux surtout que leur jeunesse avait quittés. Les plus atteints par le grand mal de l'âge me prodiguaient des paroles de blâme serein, désintéressé et tombant de haut :

« Qu'est-ce qui vous prend donc, ma chère, me dit l'un d'eux, de vouloir attirer notre attention sur un type aussi exceptionnel que votre Chéri, pour ne pas dire aussi invraisemblable ? Et ce monde, ce monde de catins, de... »

Au lieu de réagir comme un marron au feu, je me taisais. J'acceptais qu'une vertueuse et masculine incompétence traitât de « pâle gigolo » et de

« tantouse » un amant dévasté par un amour unique. Pour la première fois de ma vie je me sentais intimement sûre d'avoir écrit un roman dont je n'aurais pas à rougir ni à douter, un roman qui naissant massait autour de lui partisans et adversaires (IV, 843).

C'est ce qu'elle observe après coup dans *L'Étoile Vesper*, ses *Mémoires d'outre-tombe* ou ses *Essais*.

Envoyant à Proust les épreuves de *Chéri*, en mai 1920, elle se montrait déjà très sûre d'elle, avant même la publication : « C'est un roman que je n'avais jamais écrit, – les autres, je les avais écrits une ou deux fois, c'est-à-dire que les "vagabondes" et autres "entraves" recommençaient toujours un peu de vagues claudines » (*LSP*, 38).

La publication du *Blé en herbe* sera interrompue dans *Le Matin* en 1923, celle de *Ces plaisirs…* dans *Gringoire* en 1931, parce qu'il y est question de sexualité entre un adolescent et une dame, ou bien d'homosexualité, de travestissement et de trouble dans le genre, mais Colette est de plus en plus intégrée. *La Maison de Claudine* et *Sido* font d'elle le chantre de la campagne et de la famille, relèguent la légende fin-de-siècle, parisienne, libertine.

« Vie de Colette. Scandale sur scandale. Puis tout bascule et elle passe au rang d'idole », notera

Cocteau, toujours malin, ou mesquin, en février 1953, quand elle est élevée au grade de grand-officier de la Légion d'honneur pour ses quatre-vingts ans : « Elle achève son existence de pantomimes, d'instituts de beauté, de vieilles lesbiennes dans une apothéose de respectabilité » (*Le Passé défini*, t. II, 1985, p. 45). Et lui ?

35

« Le second métier des écrivains »

Très tôt, il y eut une marque, une firme Colette, qu'elle exploita sans vergogne. Willy lui avait enseigné l'art de la réclame et le marketing des « produits dérivés ». Les *Claudine* furent promues à l'aide de cartes postales où l'auteur supposé trônait entre ses *twins*, Colette et son double, Polaire, qui interprétait Claudine sur la scène.

Dans *Claudine à l'école*, l'inspecteur « aux yeux vert sale » attrape Claudine lors de ses visites, à cause des « grandes collerettes blanches, plissées, que je porte sur mes robes sombres. C'est pourtant d'une simplicité que j'aime, mais assez gentille pour qu'il trouve mes costumes affreusement répréhensibles » (I, 102-103). Voilà l'origine du « col Claudine », qui porte encore ce nom cent vingt ans plus tard.

Colette joua de ses différents métiers : on allait voir l'écrivain sur scène ; on achetait ses livres au sortir du music-hall. Ses romans furent adaptés au théâtre, où elle tint parfois elle-même son rôle, faisant la tournée en Claudine, plus tard en Léa, ajoutant au spectacle l'attraction du voyeurisme.

Elle n'hésitait pas à écrire sur commande. « Un écrivain fera de la publicité *s'il en est capable* », répond-elle à une enquête de *Paris-Soir* le 1er mars 1927. Par exemple pour le soyeux lyonnais qui avait acquis en 1925 la maison de Saint-Sauveur et lui en avait offert l'usufruit (*OCF*, XV, 355-357). En 1929, elle rédige la bande qui entoure *Comment rajeunir*, livre du docteur Jaworski auprès de qui elle a fait une cure de rajeunissement en 1924 : « Redevenir jeune, non pas. Devenir plus jeune qu'on ne l'était, oui » (III, XIV).

Mais c'est surtout dans les années 1930 qu'elle court le cachet. À la suite de la crise, le commerce de perles de Goudeket périclite, et Colette se montre âpre au gain : tous ses livres paraissent d'abord dans la presse ou en revue, par la suite dans des éditions illustrées pour bibliophiles, puis beaucoup passent sur scène et à l'écran, et elle vend ses manuscrits. « Elle est dure à gagner, l'argent », écrit-elle en 1933 à la femme de Léopold Marchand, lequel l'aide à tirer des pièces de ses romans (*LV*, 233).

En 1932, elle se lance dans la production de cosmétiques sous la marque « Colette » et ouvre un institut de beauté rue de Miromesnil. André

Maginot, le ministre ami de Jouvenel, soutint le projet, qui ne s'avéra pas plus heureux que la fameuse ligne à laquelle il devait, lui, donner son nom : « Déjà en ce temps-là, rappellera Colette, j'avais en tête de fabriquer des parfums et quelques produits de beauté. Mon zèle commercial ne rencontrait, je l'avoue, aucun encouragement » (IV, 933). Mais Maginot lui reprocha de ne plus songer à son « commerce de luxe » :

> « À votre place, je marcherais carrément. Je vois si bien comment il faudrait lancer la chose. Sur la porte de la boutique, j'écrirais… »
>
> Il ouvrit les bras. Sa main droite alla chercher, contre le mur, un plat de Moustier[s] qui tinta ; son avant-bras gauche sortit du salon par la fenêtre-porte et projeta son ombre sur le gravier :
>
> « … J'écrirais : "Je m'appelle Colette et je vends des parfums !" »
>
> J'applaudis à l'alexandrin. Mais qu'a bien pu devenir un volume dont la page de garde portait, en mémoire d'un vers involontaire, cette dédicace : « À André Maginot, poète » ? » (IV, 933).

La SARL Colette au capital de 750 000 francs fut créée et la boutique inaugurée le 1er juin 1932. Colette faisant la maquilleuse, on se pressa au magasin pour passer entre ses mains. Durant l'été, elle ouvrit une succursale sur le port de Saint-Tropez et y exerça durant les fins d'après-midi. Dans

Vogue, elle défendit cette reconversion, ou plutôt cette multiplication d'« Avatars », contre ceux qui l'accusaient d'avoir « loué ou vendu [s]on nom » (III, XXXI-XXXIII). Écrire n'est pas à ses yeux un métier exclusif. Dans son magasin, une photographie publicitaire de Colette portait cette légende : « Êtes-vous pour, ou contre, le " second métier " de l'écrivain ? » (*SME*, 6).

Après avoir été « mime, et un peu danseuse, et un peu acrobate », puis romancière et journaliste, la voici fabricante de « produits pour la beauté », elle qui a « tant regardé ce grand paysage : la face humaine ». « Le visage humain fut toujours mon grand paysage », redira-t-elle dans ses souvenirs (IV, 932). Ainsi se fit-elle voyageuse de commerce, donnant devant le même public une conférence sur son œuvre et une démonstration de ses produits. Mais la boutique ferma dès 1933, face à la concurrence des grandes marques.

Colette fut plus heureuse en rédigeant des textes promotionnels et des slogans publicitaires pour les fourrures Max, les grands magasins du Printemps, la Grande Maison de Blanc, les cigarettes Lucky Strike, les automobiles Ford, la Digitaline, les vins Nicolas, etc. Un exemple ? Cette réclame sensuelle dans *Vogue* pour une élégante petite montre suisse au cadran protégé par deux panneaux, « La Captive », de la marque

Tavannes Cyma : « C'est une captive au sens le plus romanesque du mot ; on l'achète, on la vend… Sensible et facile, elle cède si vous la pressez d'une main de maître, dévoile son visage, vous livre tous ses secrets, et de chaque consentement se fait un charme de plus… » (III, 1588-1589).

Pendant la guerre, Colette recherche encore les piges : « […] je fais un petit travail ingrat : un article pour les parfums d'Orsay. J'ai toujours trouvé que ce genre de travail demandait un maximum de précautions, de soins, et j'y mets de l'amour-propre », car elle reste une bonne élève (*LPF*, 94).

36

L'âge

La Naissance du jour, en 1928, est le livre de l'âge. À cinquante-cinq ans, relisant les lettres de sa mère, Colette rencontre la vieillesse de Sido ainsi que la sienne. « Maintenant que je me défais peu à peu et que dans le miroir peu à peu je lui ressemble » (III, 278). Elle décrit ce moment de sa vie où, par exemple, une des « grandes banalités de l'existence, l'amour, se retire de la mienne » (III, 285). Dans le miroir des lettres de Sido, Colette prend de l'âge. C'est aussi le sens qu'elle donne à son livre, essai intime dans lequel elle enchâsse l'intrigue amoureuse de deux jeunes gens.

> Combien espèrent, de bonne foi, que la vieillesse arrive comme un vautour qui se décroche du ciel et tombe, ayant longtemps plané invisible ? Et qu'est-ce donc que la vieillesse ? Je le saurai. Mais, quand elle sera là, elle cessera de m'être intelligible. Ma très chère aînée, tu auras disparu sans m'enseigner ce qu'est la vieillesse, car : *Ne te fais pas tant de*

soucis pour ma prétendue artério-sclérose, m'écris-tu. *Je vais mieux, et la preuve, c'est que j'ai savonné ce matin, à sept heures, dans ma rivière. J'étais enchantée. Barboter dans l'eau claire, quel plaisir! J'ai aussi scié du bois et fait six petits fagots. Et je refais moi-même mon ménage, c'est te dire s'il est bien fait. Et puis, en somme, je n'ai que soixante-seize ans!*

Tu m'écris ce jour-là, un an avant de mourir, et les boucles de tes *B*, de tes *T*, tes *J* majuscules qui portent une sorte de fier chapeau en arrière, rayonnent de gaieté. Que tu étais riche, ce matin-là, dans ta petite maison! (III, 296).

Dans *La Maison de Claudine* déjà, Sido, voyant sa main sur le drap, expliquait à sa fille ce que vieillir veut dire :

« Tu comprendras plus tard que jusqu'à la tombe on oublie, à tout instant, la vieillesse. [...] Je me dis, à chaque heure : "J'ai mal dans le dos. J'ai mal affreusement à la nuque. Je n'ai pas faim. La digitale m'enivre et me donne la nausée! Je vais mourir, ce soir, demain, n'importe..." Mais je ne pense pas toujours au changement que m'a apporté l'âge. Et c'est en regardant ma main que je mesure ce changement. Je suis tout étonnée de ne pas trouver, sous mes yeux, ma petite main de vingt ans... » (II, 1052).

Tressé autour des lettres de sa mère, *La Naissance du jour* est le monument que Colette lui élève, plus que *Sido,* où Colette elle-même ne connaissait pas encore l'âge. Colette vivra plus de vingt-cinq ans encore, et elle prétendra jusqu'au bout ne pas penser à la mort, même si, dit-elle, « [j]e m'applique parfois à y songer, pour me faire croire que la seconde moitié de ma vie m'apporte un peu de gravité, un peu de souci de ce qui vient *après*... C'est une illusion brève. La mort ne m'intéresse pas, – la mienne non plus » (III, 307). Un peu plus tard, en 1931, elle écrit à sa contemporaine Marie de Régnier : « Peut-être n'y a-t-il que nous deux qui entendions quelque chose à la mort, vous par sérénité, et moi par indifférence puisque je ne peux pas m'intéresser à ce qui n'est pas la vie » (*LP*, 294).

Pourtant, ses derniers livres sont pleins de morts : *L'Étoile Vesper*, nom que prend Vénus, l'étoile du matin, à l'heure du crépuscule ; *Le Fanal bleu*, dont la lueur tamisée éclaire les insomnies de Colette ; entre les deux, *Trait pour trait*, galerie de tombeaux élevés à des artistes et amis disparus. « Les morts, m'affirmait sereinement une voyante, sont pareils aux vivants, sauf qu'ils sont morts, et voilà tout », et elle voulait y croire (IV, 927).

L'Étoile Vesper devait être son « dernier livre », mais, avoue-t-elle, « [j]e me suis aperçue qu'il est aussi difficile de finir que malaisé de continuer » (IV, 966). Aussi reprend-elle la plume : « À me promettre de ne rien écrire après *L'Étoile Vesper*, voilà que je couvre deux cents pages, ni mémoires, ni journal. » Ce sera *Le Fanal bleu*, suite et fin de la longue écriture de vie entamée avec *La Naissance du jour*. Les dernières années de Colette « tournerai[en]t au pèlerinage mélancolique, si je me laissais faire », admet-elle pour mieux se ressaisir (IV, 1001) : « Tout ça n'est pas très gai. Si je ne me défendais pas, je serais aussi lugubre qu'un vieillard ordinaire. Mais je me défends » (IV, 1002).

Comment se défend-elle ? Avec son fanal bleu, avec son divan-radeau sous la fenêtre donnant sur le jardin du Palais-Royal, avec sa table-plateau, offerte par la princesse de Polignac pour qu'elle écrive couchée (IV, 966). Ses objets familiers l'entourent, sa collection de sulfures, « constellation de presse-papiers de verre en forme de méduses » (III, 1016), boules de verre pleines de fleurs que le jeune Truman Capote admira chez elle en 1947 : « Il y avait peut-être un millier de ces presse-papiers couvrant deux tables de chaque côté du lit[1]. » Elle les achetait aux Puces avec son amie Annie de Pène en 1914 et les décrit dans *Le Voyage égoïste* (1928) : « [...] au centre du presse-papiers hémisphérique, en verre massif, se presse une floraison de berlingots dont la section nette présente la figure d'une étoile, d'une rose, d'un petit écureuil, d'une holothurie, d'un canard, ou l'hexagone branchu, ramifié de

1. *Les chiens aboient*, trad. fr., Gallimard, 1977.

cristaux de la neige vus à la loupe. Le tout, ramagé de tons francs, évoque le fond des mers, un jardin à la française, un bocal d'"acidulés" viennois, et coûte quinze cents francs » (II, 1155). Ces bibelots étaient alors à la mode, « pustules, incestueux produits du bonbon anglais et de la lentille grossissante » qui « tien[nen]t à l'art pur par [leur] inutilité » (II, 1156-1157).

Colette n'a plus de bêtes auprès d'elle depuis la mort de la Chatte Dernière en 1939, mais il lui reste le feu :

> Je ne possède plus, en toute propriété, qu'une bête vivante, qui est le feu. Il est mon hôte, il est mon œuvre. Je sais couvrir le feu, secourir le feu. Je sais ceindre le feu, en plein, d'une tranchée circulaire, pour qu'il prospère sans tracer dans les chaumes et aller incendier les meules. Je sais qu'il n'aime pas les nombres pairs, que trois bûches valent mieux que deux et sept que quatre, et que lui gratter le ventre par en dessous lui plaît comme à toutes les autres bêtes (IV, 1058).

37

« Cela sent la littérature à plein nez »

Tout au long de sa carrière littéraire, Colette n'a cessé d'insister sur son peu de goût pour le métier d'écrivain et sur sa méfiance de la littérature. Écrire aurait toujours été un pensum, une activité à laquelle elle se serait livrée sans joie, juste pour gagner sa vie. C'est du moins ce qu'elle prétend, et cela tient sans doute en partie de la pose. Dans ses entretiens avec André Parinaud, elle multiplie les piques contre la littérature : « Je supporte de plus en plus mal ce que j'appelle la littérature, surtout dans mes propres œuvres », rétorque-t-elle quand il lui cite un passage de *La Retraite sentimentale* (*MV*, 121). Dans sa bouche, le mot « littérature » est toujours péjoratif : « Cela, mon enfant, sent la littérature à plein nez », répète-t-elle à Parinaud (*MV*, 113).

Elle avait été tôt formée en réaction contre la « prose oratoire » et les « vers faciles » de son père, qui déclamait lors des fêtes municipales : « Toujours trop d'adjectifs ! » lui opposait-elle enfant (*Sido*, III, 517). Mais elle devait avoir conservé de la complaisance pour le style fastueux, puisqu'elle reconnaît que la leçon de Willy contre son lyrisme lui fut profitable, et elle n'hésitera plus jamais à retrancher : « Et la coupante netteté de ce Jules Renard me ravit », arrête-t-elle dès *Claudine à Paris* (I, 353).

Au fond, elle n'est jamais revenue sur le jugement sévère que sa mère portait sur presque toute la littérature :

> « C'est beaucoup d'embarras, tant d'amour, dans ces livres, disait-elle. Mon pauvre Minet-Chéri, les gens ont d'autres chats à fouetter, dans la vie. Tous ces amoureux que tu vois dans les livres, ils n'ont donc jamais ni enfants à élever, ni jardin à soigner ? Minet-Chéri, je te fais juge : est-ce que vous m'avez jamais, toi et tes frères, entendue rabâcher autour de l'amour comme ces gens font dans les livres ? Et pourtant je pourrais réclamer voix au chapitre, je pense ; j'ai eu deux maris et quatre enfants ! » (*La Maison de Claudine*, II, 989).

Colette se reconnaît deux seuls maîtres, Balzac, qui ne la quitta pas depuis l'âge de sept ans jusqu'à sa mort, et Georges Courteline, qu'elle fréquenta au théâtre : « Si j'ai appris le langage des bêtes avec Sido, je me vante d'avoir appris le français dans Courteline… », inscrivit-elle dans le livre d'or du dramaturge (*PB*, 303). « Sa voix de chauve-souris râpait l'oreille, écorchait le plâtre des murs » (III, 1013), et Colette s'inspira de lui pour ne jamais renoncer à son accent: « Il m'appelait "ma p'tite Colête", avec un grand accent circonflexe sur l'*e* du milieu, et un seul *t*. L'inflexion faubourienne, dans sa bouche, avait de la grâce » (IV, 930).

La Comédie humaine fut sa Bible: « Par où entrai-je dans Balzac? J'en ai perdu le souvenir. Tous chemins sont bons qui accèdent à une pareille conquête. J'eus la chance que personne ne fermât les vingt tomes de l'édition Houssiaux en me disant: "Tu es trop petite… Tu ne peux pas comprendre…" J'avançai librement », dira-t-elle dans l'hommage qu'elle confia à Sacha Guitry sous l'Occupation (*OCF*, XV, 343). Elle ne cessa plus jamais de parcourir l'œuvre en tous sens: « Nous ne sommes pas nombreux à la posséder, dirai-je, cadastralement » (344). Balzac a été la « religion de mon adolescence », le « guide de mon éducation première… », confiera-t-elle encore au *Figaro* en 1950 (*BS*, 174).

Directrice littéraire au *Matin*, elle découvrit Simenon en 1923 et lui fit la leçon: « Vous savez, j'ai lu votre dernier conte. […] C'est presque ça, mais ce n'est pas ça. Vous êtes trop littéraire. Il ne faut pas faire de littérature. Pas de littérature!

Supprimez toute la littérature et ça ira. » Il en prit de la graine : « C'est le conseil qui m'a le plus servi dans ma vie. Je dois une fière chandelle à Colette de me l'avoir donné », conclut-il[1].

Le format préféré de Colette est court : l'article, le conte, la chronique. La plupart de ses livres sont des recueils, souvent disparates. Ses romans, elle s'y attelle l'été à Rozven puis à La Treille muscate, mais quand vient le temps de la parution en feuilleton, à l'automne, la copie n'est jamais prête. Colette peine sur la fin de ses livres. Ses lettres à Marguerite Moreno sont des litanies de plaintes. La dernière page du *Blé en herbe* l'a beaucoup tourmentée : « J'ai une telle horreur de la grandiloquence finale » (*LMM*, 65). *La Fin de Chéri*, en 1925, lui a coûté : « Cette "Fin de Chéri" sera la mienne, tant elle m'emm… nuie » (*LMM*, 116). Dans les deux cas, elle s'acharne contre le « cabochon », la « ciselure ». On est déjà fin octobre : « Il faut maintenant que je finisse *La Fin de Chéri*. Mon Dieu que c'est difficile ! » (*LMM*, 124). « C'est une lutte si sombre, celle qui use une griffe sur un papier » (*LMM*, 129). Deux ans plus tard, la souffrance est la même pour *La Naissance du jour* : « Et le travail ??? Page 27, mon chéri, voilà où j'en suis. C'est terrible » (*LMM*, 151). Après

---

1. Roger Stéphane, *Portrait souvenir de Georges Simenon* [1963], Quai Voltaire, 1989, p. 71.

quinze jours : « Mon travail ? Trente-cinq pages, – et le désespoir » (*LMM*, 152). « Je travaille ? Oui, si travailler est déchirer ce que j'ai fait la semaine passée et recommencer » (*LMM*, 153). Colette confie sa souffrance à ses intimes, elle « tire à la ligne », expression qu'elle affectionne (*MV*, 91 et 96), et elle est son propre bourreau de travail depuis qu'elle s'est affranchie de la tutelle de Willy, mais son idéal, c'est que le labeur, la souffrance ne se voient pas. Sillonnant la France et la Suisse en 1932 pour donner des conférences *cum* leçons de maquillage, elle dit de son occupation publicitaire : « Ce n'est pas un métier très reposant que je fais. C'est toujours infiniment meilleur que d'être assis devant une feuille de papier, fût-elle bleu turquoise » (*LHP*, 155).

Colette publia de jolis « Souvenirs d'un écrivain qui ne voulait pas écrire » dans *Le Figaro* en décembre 1939 (« La Chaufferette » dans *Journal à rebours*). Elle y dénie toute vocation d'écrivain :

> Non, je ne voulais pas écrire. [...] Cette répugnance, que m'inspirait le geste d'écrire, n'était-elle pas un conseil providentiel ? Il est un peu tard pour que je m'interroge là-dessus. Ce qui est fait est fait. Mais dans ma jeunesse, je n'ai jamais, *jamais* désiré écrire. Non, je ne me suis pas levée la nuit en cachette pour écrire des vers au crayon sur le couvercle d'une boîte à chaussures ! Non, je n'ai pas

> jeté au vent d'Ouest et au clair de lune des paroles inspirées ! Non, je n'ai pas eu 19 ou 20 pour un devoir de style, entre douze et quinze ans ! Car je sentais, chaque jour mieux, je sentais que j'étais justement faite pour ne *pas* écrire (IV, 174-175).

Est-ce de la pose encore ? Ou la conscience chèrement acquise de ce que coûte la littérature.

En 1917, elle perd un manuscrit dans le métro. Pas de pire découragement dans sa vie : « Ça... je ne suis pas douillette, mais ce soir-là Sidi m'a trouvée couchée, grelottante, une boule aux pieds par 28 degrés dehors », confie-t-elle à Georges Wague. Mais le lendemain elle s'est « "surmontée" comme disent les femmes de ménage » : « Ça y est, c'est retapé » (*LV*, 126). Quelle énergie !

38
Gigi

Ainsi, au cours de sa longue vie d'écrivain, Colette créa trois ou quatre mythes durables : Claudine, Sido, Colette elle-même, enfin Gigi, sa dernière créature légendaire, avatar inattendu et charmant de Claudine. Quatre femmes remarquables ! *Gigi*, nouvelle ou brève romance publiée en octobre et novembre 1942 dans un hebdomadaire de la zone libre, tandis que les Alliés débarquent en Afrique du Nord et que les troupes allemandes franchissent la ligne de démarcation, se situe dans le Paris féerique de la Belle Époque et dans la société des courtisanes. Mamita, la grand-mère de Gigi, et sa grand-tante Alicia la préparent à une carrière de femme entretenue, seule voie de promotion à leurs yeux, celle qu'elles avaient suivie avec plus ou moins de bonheur. Gigi, c'est le rêve d'une jeune fille pure, telle que Colette se présente dans *Mes apprentissages*, avant sa corruption par Willy :

> Comprendra-t-on que le fait d'échanger mon sort de villageoise contre la vie que je menai à dater de 1894 est une aventure telle, qu'elle suffit à désespérer une enfant de vingt ans, si elle ne l'enivre pas? La jeunesse et l'ignorance aidant, j'avais bien commencé par la griserie – une coupable griserie, un affreux et impur élan d'adolescente. Elles sont nombreuses, les filles à peine nubiles qui rêvent d'être le spectacle, le jouet, le chef-d'œuvre libertin d'un homme mûr. C'est une laide envie, qu'elles expient en la contentant, une envie qui va de pair avec les névroses de la puberté, l'habitude de grignoter la craie et le charbon, de boire l'eau dentifrice, de lire des livres sales et de s'enfoncer des épingles dans la paume des mains (III, 997-998).

Or Gigi échappera miraculeusement à son destin, sauvera son innocence. Le milieu des courtisanes, c'était déjà celui de *Chéri*, avec trois dignes dames, la mère de Chéri, la mère d'Edmée, et Léa, débrouillardes, enrichies, indépendantes; mais leurs enfants ne devaient pas finir très bien. Sa grand-tante Alicia dresse Gigi, lui inculque les manières du grand monde, comment manger « le homard à l'américaine, l'œuf à la coque et les asperges » (IV, 442). Mamita et elle jettent leur dévolu sur le riche Gaston Lachaille, que Liane d'Exelmans, sa maîtresse, vient de quitter, et qui se réfugie chez Mamita, figure maternelle, entretenue par son père dans une vie antérieure. Il y est surpris par l'amour. Auprès de lui, Gigi est une enfant, mais elle lui en impose, exige le mariage, et triomphe.

Gigi est un conte bleu, un rare roman de Colette qui finit bien, par un mariage, institution à laquelle Colette s'est toujours montrée hostile, à l'instar de Sido, même si elle s'est mariée trois fois. Colette l'a pourtant conçu durant une période sombre : au cours de la captivité de son mari, Maurice Goudeket, arrêté en décembre 1941, ou juste après sa libération en février 1942. Comme pour compenser l'angoisse, elle se réfugie dans le passé d'une France frivole. C'est son dernier récit. Suivront ces *Essais* ou *Mémoires* que sont *L'Étoile Vesper* et *Le Fanal bleu*. Et c'est une vraie œuvre d'imagination, non plus une autofiction.

Avec le *happy end* de *Gigi*, sans équivalent jusque-là, Colette tire superbement sa révérence. Notre époque, prompte à débusquer les complaisances du passé, fera de Gigi une cousine de Lolita, de Mamita et d'Alicia des entremetteuses, et condamnera le marivaudage d'une adolescente pauvre et d'un homme mûr, comme elle juge sans doute coupable la liaison de Colette et de Bertrand de Jouvenel, tels Phèdre et Hippolyte. Mais Gigi devint aussitôt une idole. Le roman fut adapté au cinéma dès 1949 par Jacqueline Audry, avec Danièle Delorme en Gigi, puis au théâtre à New York en

1951, avec Audrey Hepburn, enfin en 1958 dans la comédie musicale de Vincente Minnelli, avec Leslie Caron et, pour couronner le mythe, Maurice Chevalier dans le rôle de l'oncle de Gaston, ancien amant de Mamita, inventé pour le cinéma.

Maurice Chevalier connaissait Colette depuis 1909, quand elle jouait *La Chair* en tournée à Lyon : « [...] un peu trapue, dodue sans graisse indésirable, elle avait le sein lourd, plein, bien attaché. Le sein le plus... oh tant pis !... le sein le plus appétissant du monde », rappellera-t-il dans ses Mémoires. Amoureux timide et silencieux (il a vingt ans, elle en a trente-six et une réputation), il n'osa pas s'exprimer : « [...] je ne lui avouai rien et l'engagement se termina pour moi par un de ces béguins rentrés[1]. » Colette le mit aussitôt en scène dans *La Vagabonde* :

> Cavaillon, jeune et déjà célèbre au music-hall, y fait l'envie de tous. On dit de lui [...] qu'« il gagne ce qu'il veut ». Nous avons déjà croisé deux ou trois fois la route de ce long gars de vingt-deux ans, qui marche en homme-serpent, comme désossé, et balance des poings si lourds au bout de poignets frêles. Sa figure est presque jolie, sous des cheveux blonds coupés en frange, mais son trouble regard mauve, errant, sournois, dit la neurasthénie aiguë, presque la démence (I, 1204).

1. *Ma route et mes chansons*, Julliard, t. I, 1946, p. 178-180.

Elle devait corriger plus tard : « Presque [joli] ? J'étais bien difficile ! Maurice Chevalier n'a-t-il pas toujours été charmant ? Il l'est encore en 1944 », notera-t-elle dans son exemplaire de *La Vagabonde* (I, 1629). Mais elle qualifiait encore Cavaillon d'« avare ». Une fois devenus tous deux des célébrités (comment auraient-ils su en 1909 leur destin de monuments nationaux ?), ils tairont leurs réserves d'antan et se complimenteront l'un l'autre[1]. Elle regrettera même qu'il ne se fût pas déclaré et confiera à André Parinaud en 1950 : « Je n'aurais peut-être pas dit non » (I, 1628 ; voir *MV*, 132).

Mais Maurice Chevalier s'introduisant dans *Gigi* en 1958, quelques années après la mort de Colette, c'est un cercle d'un demi-siècle qui se clôt. De Claudine à Gigi en passant par Sido, le mythe de Colette a parfaitement tenu le coup.

1. Annie Revel, « Le premier amour de Maurice Chevalier », *Marie-Claire*, 21 mai 1937, p. 39.

39
Traditions

L'athlète trapue au sein nu de *La Vagabonde* s'était métamorphosée en une digne vieille dame infirme, paralysée par l'arthrite, quittant peu son premier étage avec vue sur le jardin du Palais-Royal. Loin de sa réputation sulfureuse, elle était assimilée à la vieille France, aux produits du terroir. « Depuis l'enfance, je connais le vin français et je le tutoie », annonçait-elle dans une publicité pour les vins Nicolas vers 1940 (*SME*, 123).

L'image de la Colette traditionaliste date de l'Occupation et des conseils de bonne femme qu'elle dispensa dans *Paris-Soir* en 1940 et 1941, de la recette de la flognarde qui suscita tant de courrier. Mais le tournant avait été pris plus tôt, en matière de gastronomie d'abord. En 1929, dans un article de *Vogue*, « Récriminations », elle dénonçait la mode de ladite « cuisine de grand-mère » et le snobisme des « faux affiquets provinciaux », des fines herbes, de la cuillerée de cognac ou du verre de calvados qui dénaturent le bœuf braisé, le veau à la crème, les civets et poulets immémoriaux. Elle plaidait pour l'authentique lièvre à la royale à la perfection duquel soixante gousses d'ail ont coopéré, mais qui n'a pas le goût d'ail : « Sacrifiées à une gloire collective, réduites à une consomption sans seconde, les soixante gousses d'ail, méconnaissables, sont pourtant présentes, indiscernables, cariatides qui soutiennent une flore légère et grimpante d'épices potagères… » (III, 717). Elle prônait l'« orgueil gastronomique de France », mis à mal au temps « de la soie sans soie, de l'or sans or, de la perle sans huître, et Vénus sans chair… » (III, 718).

À cet ancien régime authentique, Colette prit du poids : « Rozven, tout grésillant de chaleur, est un endroit radieux, et il y a des crapauds, aussi larges que ma fesse ! » écrit-elle à son amie Hélène Picard dès 1923 (*LHP*, 51) ; et à Marguerite Moreno : « […] je me suis pesée : presque 81 kilos !!! » (*LMM*, 59). Voilà ce que lui coûta le respect du passé, la fidélité au peuple comme à la tradition, dans la langue comme en cuisine.

« Fallait-il que nous l'eussions laissé mourant sur le chemin ? » Colette s'extasie sur cette concordance des temps chez une paysanne de Provence :

Une si belle phrase, qui sent son XVIIe siècle, fleurit pourtant ici sur des lèvres illettrées. Une journalière provençale avait trouvé sur la petite route, devant ma porte, il y a trois ans, et tous deux gisants, un jeune homme de-ci, une bicyclette de-là. À grand renfort de compresses et de « Eh! le povre… Eh! peuchère… Bonne mère de Jésus… », elle avait soigné le jeune homme d'ailleurs ivre qui, pansé, se releva, enfourcha sa bicyclette et s'en alla sans remerciement (« Provence V », *Journal à rebours*, IV, 200-201).

C'est encore l'occasion de défendre l'ancien usage contre le monde moderne :

> […] à chaque joyau de beau langage, recueilli tout brillant dans la blanche poussière provençale, j'admire qu'une syntaxe de grand style refoule l'alluvion d'argot, de patois sportif, de prétentieux humour qui afflue de toutes parts. Les bien-disants qui résistent vivent, c'est vrai, entre le champ et le pressoir, fréquentent peu les petites villes et les ports. Ils parlent comme parlait leur grand-père, qu'un grand-père enseignait. Ces beaux prétérits incisifs, ces imparfaits du subjonctif s'éteindront peu à peu. Mais ma gardienne dit couramment : « Ce feu d'herbes, il faudrait que nous le fissions au lever du jour, à l'humide… »
>
> Que sait-elle du latin, elle qui use des mots dans leur esprit de latinité ? Soignant une hirondelle battue du vent, qui s'était abritée sous nos tuiles à godrons : « Laissez, dit-elle, demain elle aura repris ses vertus » (IV, 201).

Elle qui répondait à une enquête du *Mercure de France* en 1911 : « J'ignore si le latin aide, comme vous dites, à la " formation d'un écrivain français ". Je ne sais pas, moi. Je n'ai jamais songé à cela » (II, LXII), elle réagit de plus en plus vivement contre les nouveaux tics linguistiques. La mésentente entre Alain et Camille, dans *La Chatte,* tient sans doute à l'attachement d'Alain pour Saha, sa chatte des Chartreux, mais aussi à son affection inséparable pour la langue française. Leur ami Patrick leur prête son appartement pendant la construction de leur villa :

> « Naturellement ! On en profitera ! »
>
> Elle rayonnait d'une immoralité exclusivement féminine, à laquelle Alain ne s'habituait pas. Mais il ne la reprit que sur sa manière de dire « on » à la place de « nous » et elle crut à un reproche tendre.
>
> « Ça me viendra assez vite, l'habitude de dire " nous "... » (III, 813).

Le premier impair fatal de Camille aura été une faute de français, alors qu'Alain se montre bien plus tolérant pour sa mère : « " Déjeuné... pas trop bien, je pense. Dans un pareil caravansérail !..." Alain sourit parce que sa mère disait toujours " caravansérail " pour " capharnaüm " », à la manière du directeur de l'hôtel de Balbec (III, 834).

Colette soutenait non seulement qu'elle

n'avait jamais voulu écrire et qu'elle le faisait par nécessité, « chaque jour, lentement, docilement », se levant tôt et se couchant tard, mais encore que les mots, la syntaxe, ne lui venaient pas aussi naturellement que les imparfaits du subjonctif de la journalière provençale et de sa gardienne. Elle n'avait pas de facilité, ne savait pas ce que c'était qu'écrire au « courant de la plume » (*MV*, 223), et elle corrigeait sans relâche : « C'est une langue bien difficile que le français. À peine écrit-on depuis quarante-cinq ans qu'on commence à s'en apercevoir » : ainsi concluait-elle en 1939 ses « Souvenirs d'un écrivain qui ne voulait pas écrire » (IV, 176).

La cuisine, la langue, ces deux jouissances de la bouche, Colette les aura indéfectiblement maintenues.

40

Le papier bleu

« Colette, c'est la vie. Qui l'a rencontrée, comme cela, un jour, par hasard, tout à fait au début de la littérature, quand il commençait à lire par plaisir et non plus par obligation scolaire [...], il ne peut plus l'oublier », disait J. M. G. Le Clézio de l'écrivain dont il avait choisi d'étudier l'œuvre pour sa maîtrise de lettres. « On a dit de Colette qu'elle était "sensualiste", mais c'est trop peu dire. [...] Il y a chez Colette une admiration éperdue pour tout ce qui vient de la terre, un culte pour tout ce qui est animal. » Colette, concluait-il : « Nous vous aimons bien, l'unique écrivain matériel[1]. »

À l'époque où je travaillais sur les manuscrits de Proust à la Bibliothèque nationale, quand je peinais sur ses « paperoles » interminables et sa graphie impossible, j'enviais mes voisins devant

1. *Le Monde*, 25 janvier 1973.

qui étaient déposées d'épaisses liasses de belles pages bleues couvertes d'une grande écriture ronde et limpide.

Le bleu est la couleur de Colette. Dans *La Naissance du jour*, tout est bleu, la mer, le jour, l'air, le lait, la flamme, la pluie, la nuit, le sel, les figuiers de Barbarie, la buée, la lumière, les matelots, le sang, bleus du « bleu universel », et jusqu'au papier, « bleu contre bleu », comme l'encre sur la page, ou comme la « petite casserole bleue » où Sido faisait bouillir le lait bleu (*La Maison de Claudine*, II, 1052).

« C'est à Henri Duvernois », rappelle Colette dans *L'Étoile Vesper*, qu'elle dut « la reposante habitude du papier teinté de bleu » :

> « Quittez le papier blanc, ma bonne dame, il vous râpe la rétine. Choisissez entre le mauve, le rose, le vert d'eau. Laissez-moi le jaune un peu mélancolique, le bleu vous va si bien. Vous demanderez rue du Jour, à Gaubert, le " simili-japon teinté coupé pour avocats ". »
>
> Bien que je ne fusse pas inscrite au barreau, le papier bleu pour avocats m'accompagna longtemps, puis je le perdis. « Je n'en ai plus, me dit Gaubert. Je pourrai vous le faire si vous en prenez une cuve. – Va pour la cuve ! » Mais je me résignai à un autre azur, quand Gaubert m'apprit qu'une cuve signifie vingt-cinq ou trente mille kilos... (IV, 800-801).

Dans *La Naissance du jour* le papier est « bleuâtre »; dans *Le Fanal bleu*, forcément bleu, il est « bleuté », et c'est le lait qui est « bleuâtre » (IV, 965, 971); le manuscrit de *L'Étoile Vesper* est en papier bleu lavande, bleu pervenche, bleu clair, bleu ciel, bleu turquoise (IV, 1366).

De sa chatte, la troisième, la Chatte Dernière, Colette dit dans *La Naissance du jour*: « Je ne parlerai guère plus d'elle. Tout le reste est silence, fidélité, chocs d'âme, ombre d'une forme d'azur sur le papier bleu qui recueille tout ce que j'écris, passage muet de pattes mouillées d'argent… » (III, 302). La Chatte Dernière figurera sur une photographie illustrant l'article que Colette lui consacre dans *Marie-Claire* du 27 janvier 1939 : les pattes posées sur la page bleue, elle suit des yeux le mouvement de la plume du stylo au bout des doigts de Colette.

Colette, comme son père, affectionnait les fournitures de bureau. Passant cinq jours à New York en 1935, elle visita l'usine Parker plutôt que les musées : « J'ai pris un taxi pour aller au diable acheter des stylos – on trouve les mêmes à Paris, rue de Rivoli » (*CJ*, 187). Dans *Le Fanal bleu*, elle évoque son « bouquet de stylos » (ailleurs, son « écurie de stylos[1] »), posé sur sa « table de lit », ce

1. *L'Intransigeant*, 4 août 1935, p. 4.

« pupitre-table à quatre petites pattes » confectionné à Saint-Tropez par son ami le peintre Luc-Albert Moreau, plus tard remplacé par un meuble anglais offert par la princesse de Polignac : « [...] il enjambe mon lit-divan et contente en effet depuis un quart de siècle mon repos et mon métier ». Ainsi, elle peut « écrire hors de la posture assise, à pieds pendants, qui toujours fut nuisible à mon bien-être et à mon travail » (IV, 966-967), en naviguant sur son « radeau de travail » (IV, 998).

Le capitaine n'avait pas réussi à surmonter l'angoisse de la page blanche ; son œuvre fut imaginaire et il laissa à Sido une bonne cuve de papier blanc que la famille n'épuisa jamais. Pour écrire *Claudine à l'école*, Colette raconte dans *Mes apprentissages* qu'il lui fallut « retrouv[er] chez un papetier et rachet[er] des cahiers semblables à [s]es cahiers d'école », et que « leurs feuillets vergés, rayés de gris, à barre marginale rouge, leur dos de toile noire, leur couverture à médaillon et titre *Le Calligraphe* [lui] remirent aux doigts une sorte de prurit du pensum, la passivité d'accomplir un travail commandé » (III, 995). Plus tard, c'est le papier bleu qui lui permit d'écrire, comme toujours sur commande.

Et elle n'arrêta plus : « Je me suis mis en tête, à quatre-vingts ans, que pour l'écrivain entraîné il n'est pas d'âge auquel il faille cesser d'écrire », confie-t-elle dans l'un de ses derniers articles, « Gîte d'écrivain », dans *Le Figaro littéraire* du 24 janvier 1953, pour son anniversaire. Enfin, pour la première fois, semble-t-il, elle reconnaît chez elle « la présence d'un besoin dont je n'ai jamais crié l'urgence sur les toits », le besoin d'écrire : « Quelle méfiance n'eus-je pas de toi – et de moi – durant que je souhaitais avoir fini d'écrire ? » poursuit-elle, comme si accepter ce besoin eût impliqué sa fin ou son tarissement (*BS*, 254-5).

Mais Colette ne cessera jamais :

> [...] car écrire ne conduit qu'à écrire. Avec humilité, je vais écrire encore. Il n'y a pas d'autre sort pour moi. Mais quand s'arrête-t-on d'écrire ? Quel est l'avertissement ? Un trébuchement de la main ? J'ai cru autrefois qu'il en était de la tâche écrite comme des autres besognes ; déposé l'outil, on s'écrie avec joie : « Fini ! » et on tape dans ses mains, d'où pleuvent les grains d'un sable qu'on a cru précieux... C'est alors que dans les figures qu'écrivent les grains de sable on lit les mots : « À suivre... » (IV, 1060).

Ce sont les derniers mots du *Fanal bleu*, son dernier livre.

Bibliographie

Œuvres de Colette

Œuvres complètes, Le Fleuron, 15 vol., 1948-1950 (*OCF*).

Œuvres, Gallimard, « Bibliothèque de la Pléiade », 4 vol., 1984, 1986, 1991, 2001 (I, II, III, IV).

Belles saisons, Flammarion, 1955 (*BS*).

Paysages et portraits, Flammarion, 1958 (*PP*).

Colette au cinéma, Flammarion, 1975 (*CC*).

Colette journaliste, Libretto, 2014 (*CJ*).

J'aime être gourmande, L'Herne, 2011 (*JEG*).

Le Second Métier de l'écrivain, L'Herne, 2014 (*SME*).

Mes vérités. Entretiens avec André Parinaud (1950), Écriture, 2014 (*MV*).

Correspondance

Une amitié inattendue. Correspondance de Colette et de Francis Jammes, Émile-Paul, 1945 (*FJ*).

Lettres à Annie de Pène et Germaine Beaumont, Flammarion, 1995 (*LAPB*).

Lettres à Hélène Picard, Flammarion, 1958 (*LHP*).

Lettres à Marguerite Moreno, Flammarion, 1959 (*LMM*).

Lettres à Missy, Flammarion, 2009 (*LM*).

Lettres à Moune et au Toutounet, Des femmes, 1985 (*LMT*).

Lettres à sa fille, Gallimard, « Folio », 2017 (*LF*).

Lettres à ses pairs, Flammarion, 1973 (*LSP*).

Lettres au Petit Corsaire, Flammarion, 1963 (*LPC*).

Lettres aux Petites Fermières, Castor astral, 1992 (*LPF*).

Lettres de la Vagabonde, Flammarion, 1961 (*LV*).

En tournée. Cartes postales à Sido, Personna, 1984 (*CPS*).

Sido, *Lettres à Colette*, Libretto, 2019 (*LC*).

ÉTUDES

Claude Pichois et Alain Brunet, *Colette*, de Fallois, 1999 (*PB*).

Julia Kristeva, *Le Génie féminin.* 3. *Colette*, Gallimard, « Folio », 2008 (*JK*).

Madeleine Lazard, *Colette*, Gallimard, « Folio », 2008.

Gérard Bonal, *Colette*, Perrin, 2014.

Jacques Dupont, *Le Paris de Colette*, Alexandrines, 2017.

Guy Ducrey et Jacques Dupont (dir.), *Dictionnaire Colette*, Classiques Garnier, 2018.

Dominique Bona, *Colette et les siennes*, Le Livre de Poche, 2019 (*DB*).

Gérard Bonal, *Colette et les bêtes*, Tallandier, 2019.

François Caradec, *Willy. Le Père des « Claudine »*, Fayard, 2004.

Christine Manigand, *Henry de Jouvenel*, Presses universitaires de Limoges, 2000.

Cahiers Colette, 1977-2019, 40 vol.

Colette, L'Herne, 2011.

Enregistrements

Colette vous parle, disque Festival FLDX 34.

Gigi, Chéri, Sido et autres textes, EPM, B0025G0G1U ; Apple music, Spoken Word, 2007.

Colette, une femme insoumise… Entretiens avec André Parinaud, « Les Grandes Heures », Radio France/Ina, B0154LTT42 ; Apple Music, Spoken Word, 2008.

Film

Colette, documentaire de Yannick Bellon, 1951, 29 min ; DVD, Doriane Films, 2012.

Remerciements

Jacques Dupont, éditeur et savant critique de l'œuvre de Colette, a bien voulu relire ces pages. Ma sœur Anne Esmein, mon frère Bernard Compagnon, ainsi que Matthieu Vernet, ont corrigé quelques bévues. Qu'ils en soient remerciés, ainsi que Laurence Bloch, qui m'a accueilli encore une fois à France Inter durant l'été 2021, Xavier Pestuggia qui a réalisé les émissions, Anne-Julie Bémont et Olivier Frébourg, mes éditeurs. Je reste bien entendu responsable des bourdes qui subsistent.

Table

Certifié PEFC

Ce produit est issu de
forêts gérées durablement
et de sources contrôlées

PEFC
10-31-2541

www.pefc-france.org

IMPRIM'VERT

*Reproduit et achevé d'imprimer
par Normandie Roto Impression s.a.s.
en avril 2022.
Numéro d'imprimeur : 2202033.*

Imprimé en France.